셰익스피어 전집 008

맥베스

셰익스피어 전집

008

맥베스

윌리엄 셰익스피어(William Shakespeare)

조혜영 옮김

Macbeth

HU:iNE

옮긴이의 말

『맥베스』의 첫 장면은 10행으로 구성된 짧은 장이다. 세 마녀는 다시 만나게 될 시간과 장소를 묻고 답한 후, 마지막 행에서 "안개와 흐릿한 대기 속으로 날아가자"라며 사라진다. 이들이 다시 만나게 될 시간과 장소나 "안개와 흐릿한 대기"는 앞으로 전개될 극의 주된 분위기와 주인공 맥베스의 내면세계를 암시한다. 안개 속에 가려진 모습은 있는 듯 없는 듯, 알 듯 말 듯 하여 그것의 본질을 좇는 노력은 허사이다. 본질에 대한 이해를 막는 안개는 외적·내적 원인에서 기인한다. 주인공 맥베스는 애매모호한 마녀들의 예언을 믿고, 용맹함과 잔인함을 모호하게 엮어 버린 아내의 독촉에 힘입어 던컨 왕을 살해하고 왕위에 오른다. 외부에서 비롯된 유혹도 그 정체가 모호했으나 맥베스의 도덕적 의식 역시 안개처럼 흐렸던 것이다.

극중 맥베스에 대한 첫 언급은 "용감한 맥베스"(1.2.16)와 "용맹의 화신(1.2.19)"으로 1막 2장의 한 장군의 입을 통해 전달된다. "쇠 무기나 독약도,

내란도, 외세의 침입도, 그 어떤 것도 이젠 그를 건드릴 수 없으니"(3.2.25-27)라는 대사가 극중 시대적 배경을 암시하듯, 극이 전개되는 시점 역시 맥도날드가 이끄는 반군에 의한 내란과 노르웨이라는 외세의 침입으로 나라가 혼란스러운 상황이다. 이와 같은 사회에서 권력은 강력한 군대에 의해 지탱되며 군대를 구성하는 개개의 남성들에게는 용맹이라는 덕목이 남성성의 근간으로 자리 잡는다. 용맹은 남성성과 동일하게 간주될 정도로 그것에 대한 사회적 요구는 암묵적으로 합의된 것이었다. 때문에 용맹이라는 덕목은 폭력이 필요할 때 남성들에게 그 폭력성을 정당화시키는 하나의 수사 전략으로 자리 잡는다. 맥베스 부인, 맥베스, 맬컴은 모두 남성성에 호소하여 용맹을 넘어 폭력과 잔인함을 부추기는 설득의 화술을 사용한다. 맥베스 부인은 던컨 왕의 살해 음모를 중간에 포기하려는 맥베스를 "겁쟁이"(1.7.43)로 매도할 뿐 아니라 "그때 당신은 대체 어떤 짐승이었단 말입니까? 당신이 감히 그렇게 했을 때 당신은 장부였습니다. 그때보다 더 위대해지려면 훨씬 더 장부답게 굴어야 합니다"(1.7.47-49)라며 더 직접적으로 그의 남성성에 호소한다. 맥베스 부인이 요구하는 것은 단순히 남자다움만을 의미하지 않으며 "짐승"에 함의된 잔인함이나 폭력성이고 또 하나는 "더 위대해지려면"에 함의된 야망이다.

"사람다운 일이라면 모조리 하겠소. 그 이상을 하는 자는 결코 사람이라 할 수 없소"(3.4.46-47)라는 맥베스의 대사에서 "사람다운 일"을 넘어서는 것은 "짐승"같은 잔인함이다. 하지만 맥베스 부인에겐 사람(man)이 남자(man)로 바뀌면서 "사람다운 일"을 넘어서는 것은 남자다운 것을 넘어서는 것이기에 "그때보다 더 위대해지려면"이라는 말은 "야망"을 의미하게 된다. 맥베스가 "야망이 없는 것도 아니"(1.5.19)기에 맥베스 부인은 야망을 미끼로 그를 "짐승"의 잔인함으로 몰아가는 데 성공한다. 맥베스의 피비린 궤적의 시작에는 절제를 모르는 용맹함과 이를 부추긴 헛된 야망이 자리한다. 용맹과 야망이 사회적 필요에 의해 사회가 개개인에게 요구했던 덕목이었기에 맥베스의 비극은 어느 정도 사회에 의해 주조된 비극이기도 하다.

『맥베스』는 2막 3장의 문지기의 대사, 4막 2장의 맥더프의 아내와 아들, 5막 1장의 시녀와 의사 간의 대화만 산문으로 되어 있고 나머지는 운문으로 되어 있다. 다른 언어로 치환되면 원문이 지닌 고유한 운율적 측면을 상실하기에, 번역 문학은 특히 운문의 경우 어느 정도 소통의 한계가 있기 마련이다. 운율적 측면은 차치하더라도 낱말의 고유한 사용을 되도록 살려내는 것이 번역의 남은 과제이다. 단순한 가독성과 의미의 정확성만을 위해서 작가 특유의 언어유희를 희생시킨다면 소탐대실의 격이라 할 정도로 셰익스피어의 언어적 기교는 그 울림이 크다. 때문에 너무 어색하거나 생소한 경우를 제외하곤 저자의 고유한 표현을 살리려고 노력했다. 물론 역자의 의도와 상관없이 두 언어 자체의 간극 때문에 이러한 시도가 힘든 경우가 많은데 '야망'이 이에 대한 일례가 될 것이다. 맥베스는 자신의 왕권에 대한 욕망을 "뛰어오르는 야망"(1.7.27)이라 표현하는데, 이때 '뛰어오르다'라는 단어 'vault'는 말에 힘차게 올라타는 것을 의미한다. 던컨 왕의 시해가 있던 날 밤 던컨 왕의 말들에 대하여 로스는 "길길이 날뛰더니 마구간을 부수고 복종을 거스르고 뛰쳐나가 버렸소"(2.4.16-17)라고 말하는데, 이는 앞선 맥베스의 대사를 되울린다. 하지만 "뛰어오르는 야망"이라는 한글에서는 '말에 올라타다'는 의미가 살아나지 못하기에 이러한 낱말 간의 되울림이 온전하게 전달되지 못한다.

작가가 특유하게 사용한 낱말과 그 낱말들이 유기적으로 사용되면서 만든 의미의 망(網)을 건져 올리는 것 역시 운율을 살리는 것만큼은 아니라 하더라도 무리이기는 마찬가지다. 특정 영어 단어가 가지는 다의성이 한글의 그것에 정확히 대응하지 않을 뿐만 아니라 마술처럼 언어를 부리는 셰익스피어의 재능은 이미 두말할 나위가 없기 때문이다. 이러한 어려움의 대표적 예가 '자연'이다. 작품에서는 자연이라는 단어가 지속적으로 사용되며 이와 아울러 자연의 여러 이미지들이 반복적으로 사용되기 때문에, 자연에 대한 비유만을 좇아 읽어도 작품에 대한 하나의 관점을 얻을 수 있을 정도로 자연이나 자연에 관련된 비유는 작품 전개에 있어서 중요한 역할을 한다. 작품 해설에서 다뤘기에 간략히 말하자면 맥베스의 악행은 일차적으로는 자신의 선량한 본성인 양심을 해치는 행위로 언급되고 있으며, 이는 자연 세계나 자연의 질서가 어긋나는 것으로 반복적으로 암시된다. 이러한 암시는 '자연'(nature)이라는 단어를 중심으로 전개되는데, 영어 단어 자연은 '자연 세계'나 '타고난 본성 혹은 천성,' 특히 '선량한 본성,' 그리고 인간의 '육체적 힘'이나 '생명력' 등의 여러 뜻을 지닌다. 원문에서는 자연이라는 단어와 파생된 표현들의 유기적 흐름이 눈에 쉽게 들어오지만 우리말에서는 이 낱말이 여러 가지로 번역되다보니 그 변주가 크게 살아나지 못한다.

'자연'이라는 단어와 호흡을 맞추며 자연 세계 혹은 자연의 질서로서 자연의 심상도 십분 활용되고 있다. "시간의 씨앗"(1.3.58)이나 "그대를 심어서"(1.4.29) 등이 그 일례들이다. 맥베스의 몰락 역시 자연에서 초목이 시들어가는 모습으로 비유되는데, 맬컴은 "맥베스는 이제 떨어질 만큼 무르익었소"(4.3.240-41)라고 묘사하며 맥베스도 자신의 말년을 "시들어빠진 노란 나뭇잎"(5.3.23)에 비유한다. "혹은 군주의 꽃잎을 적시고, 잡초를 익사시킬 만큼"(5.2.30)이라는 레녹스의 대사에서도 맥베스는 익사되는 잡초에 비유되고 있다. 또한 "그의 곪아터진 감각들"(5.2.23)이나 "병든 나라를 고칠 의사를 만나서"(5.2.27)라는 대사들은 자연의 다른 의미인 '생명력'을 상실한 모습들을 두고 병에 걸린 상태에 빗댄 표현들이다. 이와 같은 몇 가지 예만 보더라도 자연이라는 단어와 자연의 심상들은 맥베스의 죄를 중심으로 긴밀하게 연결되어 있다. 물론 이는 하나의 예시에 불과하므로 이것이 작품의 중심으로 여겨질 필요는 없다. 어쨌든 번역의 과정에서 이러한 표현들이 살아나도록 노력했으나 반복되는 낱말들이 형성한 유기적인 맥을 모두 전달하는 데에는 어려움이 있었다. 미흡한 부분은 독자들의 몫으로 남는다. 행간의 의미나 심상을 통해 독자 나름의 그물망을 건져낼 수 있을 것이다.

위대한 고전 중의 하나를 한글로 옮기는 일은 소중한 경험이었다. 이러한 기회를 마련해 주신 한국외국어대학교 지식출판콘텐츠원과, 모호하거나 역자의 해석이 개입돼야하는 부분에서 깊은 통찰과 섬세한 조언으로 많은 도움을 주신 박우수 교수님께 감사의 마음을 전한다.

셰익스피어의 작품은 원서에서도 본문보다 많은 분량의 주석이 달려 있을 정도로 해석에 있어서 완전함을 기대하기 힘들다. 역서이니 더 많은 주석을 달아도 부족하겠으나 독자에게 더 편하게 다가가기 위해서 주석을 최소한으로 하였다. 본서는 샌드라 클라크와 파멜라 메이슨(Sandra Clark and Pamela Mason)이 편집한 아든 셰익스피어 제3판(*The Arden Shakespeare. Third series*)을 저본으로 삼되, 케네스 뮈어(Kenneth Muir)가 편집한 아든 셰익스피어 제2판(*The Arden Shakespeare. Second series*)과 리버사이드 셰익스피어(*The Riverside Shakespeare*)를 포함하여 여러 판본을 참조하였다.

맥베스

목차

등장인물들

던컨 왕	스코틀랜드의 왕
맬컴	왕의 장남
도널베인	왕의 차남
맥베스	글람스의 영주
맥베스 부인	
뱅쿼	
플리언스	뱅쿼의 아들
맥더프	파이프의 영주
부인	맥더프의 아내
아들	맥더프의 아들

레녹스	
로스	
멘티스	스코틀랜드의 영주들
앵거스	
캐스니스	
시워드	노섬벌랜드의 백작
젊은 시워드	시워드의 아들
마녀1	
마녀2	운명의 세 자매
마녀3	
헤카테	
다른 세 마녀	
혼령들	
장군	
세이튼	맥베스의 가신
문지기	
노인	
세 명의 자객	
다른 자객들	
어의	잉글랜드 궁전의 의사

의사	맥베스 집안의 의사
시녀	맥베스 집안에서 시중을 드는 부인
병사	
귀족들과 영주들	
하인들, 전령들, 병사들, 수행원들	

맥베스

1막 1장
황야

천둥 번개. 세 마녀 등장.

마녀1 우리 셋이 언제 다시 만날까?
천둥 속에서, 번개 속에서, 아니면 빗속에서?

마녀2 그 난리법석이 끝나고
전투의 승패가 판가름 날 때쯤.

마녀3 해가 지기 전이겠군요.

마녀1 장소는 어디쯤?

마녀2 황야에서.

마녀3 그곳에서 맥베스를 만나는 거야.

마녀1 이제 간다, 괭이야!

마녀2 두꺼비도 부르네.

마녀3 지금 간다.

모두 고운 것은 고약하고, 고약한 것은 고와라.
안개와 흐릿한 대기 속으로 날아가자. (퇴장)

1막 2장
군영

안에서 나팔이 울린다. 던컨 왕, 맬컴, 도널베인, 레녹스, 수행원들과
등장하여 피를 흘리는 장군을 맞이한다.

던컨 왕 저 피 흘리는 병사는 누구냐? 저자의 곤경으로 보아하니
그 반란에 관한 최근의 근황을
보고할 수 있을 것 같구나.

맬컴 이자가 바로 제가 붙잡히지 않도록
군세고 훌륭한 병사답게 싸워준
장군입니다. 용감한 친구, 대환영이오!
자네가 그 난리판을 떠나올 때의
상황에 대해 국왕께 자세히 보고하시오.

장군 불확실해 보였습니다.
마치 헤엄치던 두 사람이 기진맥진하여 한데 엉겨 붙어서

서로의 기량 발휘를 방해하는 것처럼 말입니다. 무자비한
맥도날드는, 수많은 사악한 본성이
그에게 빼곡히 들어차 있어
반란을 일으킬 만도 한데, 서쪽의 작은 섬들에서
아일랜드 보병과 정예병들을 지원받았습니다.
또한 지독한 싸움에서 미소 짓던 운명의 여신도
반란군의 창녀와도 같았지만 모든 게 역부족이었습니다.
용감한 맥베스가, 참으로 그 이름에 걸맞게도,
운명의 여신을 비웃는 듯 피비린 살육으로
김이 서리도록 무기를 휘두르며
용맹의 화신처럼 헤쳐 나아가
마침내 그 몹쓸 놈을 대적하게 되었기 때문입니다.
작별 인사는커녕 그놈과 악수도 하지 않고
솔기 따듯 배꼽부터 턱까지 몸을 확 갈랐고
놈의 머리를 성벽에 꽂아 놓았습니다.

던컨 왕 아, 용맹한 사촌! 훌륭한 귀족이로다!

장군 태양이 돌아서기 시작하는 때에[1)]

---

1) 원문의 'reflection'은 춘분점이나 추분점에 이르렀을 때 태양이 천구상의 적도에서 남에서 북으로 혹은 북에서 남으로 가로지르는 것 혹은 '돌아서는 것'을 의미하며 여기에서는 춘분점을 의미한다. 흔히 춘분에는 폭풍과 번개가 자주 일어나는 것으로 여겨졌다. 또한 'reflection'은 단순히 태양이 빛을 발하는 것을 의미할 수도 있으며 이 경우에는 태양이 빛을 발하기 시작하는 동쪽을 의미한다(아든 주석).

배를 난파시키는 폭풍우와 무서운 천둥이 터져 나오듯
안락함이 솟는 것처럼 보이는 샘에서 바로
불안이 끓어 오릅니다. 스코틀랜드 왕이시여, 새겨들어 주십시오.
정의의 용사들이 용맹으로 무장하여
오합지졸의 보병들을 줄행랑치게 하자마자
유리한 기회를 알아챈 노르웨이 영주는
무기를 일신하고 신병을 지원받아
공격을 새로 시작했습니다.

던컨 왕 이로 인해 우리의 장군 맥베스와 뱅쿼가 겁먹지 않았는가?

장군 네, 전하. 마치 독수리가 참새에게, 혹은 사자가 토끼에게
겁먹은 격입니다.
사실을 말씀드리자면,
화약을 두 배로 장전한 대포처럼
두 배의 타격을 갑절로 적에게 퍼부었습니다.
다만 피투성이 상처로 목욕을 하려 했는지 혹은
전쟁터를 또 하나의 골고다로 만들려 했는지는
모를 일입니다. 허나 이제 정신이 아찔하니
상처를 돌봐야 할 것 같습니다.

던컨 왕 그대의 보고는 그 상처만큼이나 그대에게 걸맞은즉,
둘 다 영광의 흔적이다. 자, 의사를 불러오너라.

(장군 부축 받으며 퇴장)

로스와 앵거스 등장

이쪽으로 오는 자가 누구냐?

맬컴 훌륭한 로스의 영주입니다.

레녹스 눈빛에 서두르는 기색이 역력한 걸 보아하니
이상한 것들을 말하려는 모양입니다.

로스 폐하께 하나님의 축복을 빕니다.

던컨 왕 훌륭한 영주, 어디에서 오는 길이오?

로스 폐하, 파이프에서 왔습니다.
그곳에서는 노르웨이군의 깃발이 하늘을 조롱하고
우리 백성들을 얼어붙게 하고 있습니다.
노르웨이 왕이 몸소 어마어마한 병력을 이끌고
가장 비겁한 반역자 코도의 영주로부터
도움을 받아 불길한 전투를 시작했습니다.
그런데 벨로나[2]의 신랑인 맥베스가 단련된 갑옷을 입고
그자와 맞먹는 대등한 기세로
칼끝엔 칼끝으로, 반역의 팔에는 팔로 맞서
놈의 오만방자한 사기를 꺾어 버렸습니다. 결론인즉,
승리는 우리의 것입니다.

---

2) 로마 신화의 전쟁의 여신.

던컨 왕 참으로 복된 일이오!

로스 이제 노르웨이 왕 스웨노가 화의를 청하고 있습니다.
허나 그가 성 콜룸의 섬[3]에서 우리의 총 비용에 대해
일만 달러를 지불하기 전에는
그의 병사들을 매장하는 것도 허락하지 않을 것입니다.

던컨 왕 코도의 영주가 다시는 과인의 심중 염려를 속이지는
못할 것이오. 자, 가서 그자의 사형을 즉시 공표하고
그가 지녔던 작위로 맥베스를 맞아 주시오.

로스 분부대로 하겠습니다.

던컨 왕 그자가 잃은 것을 고귀한 맥베스가 얻게 되는구나.

(퇴장)

---

3) 원문 'Saint Colme's Inch'는 '성 콜룸바(Saint Columba)의 섬'이라는 뜻으로 에든버러 근처 포스만(Firth of Forth)에 위치한 작은 섬이다. 현재는 인치콤(Inchcolm)으로 불린다.

1막 3장
황야

천둥. 세 마녀 등장.

마녀1 넌 어디에 있었니?

마녀2 돼지를 죽이고 있었지요.

마녀3 언니는 어디에 있었나요?

마녀1 어느 뱃사람의 아낙네가 무릎 위에 알밤을 놓고는
우그적, 우그적, 우그적 씹어대기에, "나 좀 줘."라고 말했더니
"썩 꺼져, 이 마녀야."라며 고기 찌끼나 먹고사는 년이 소리치더군.
그년의 서방이 호랑이호의 선장으로 알레포로 떠났다 하니
체를 타고 그쪽으로 건너가서
꼬리 없는 쥐가 되어서
해치울 거야, 해치울 거야, 해치울 거야.

마녀2 난 바람을 줄게요.

마녀1 정말 고마워.

마녀3 나도 하나 보탤게요.

마녀1 나머지 바람은 모두 내가 맡을게.
바람이 불어대는 항구들과
나침패에 나와 있는 그들이 알고 있는
모든 영역들까지도.
그를 건초마냥 바짝 말릴 거야.
밤이나 낮이나 그의 눈꺼풀에
잠이 앉을 틈이 없도록 말이야.
놈은 저주 받은 몸으로 살게 되는 거지.
피곤한 칠 일 밤이 아흔 곱하기 아흔 날 가면
놈은 점차 힘이 빠지고, 야위어가고, 시들어갈 거야.
그놈의 배가 난파되지는 않아도
풍랑 속에서 거세게 흔들릴 거야.
내가 뭘 가져 왔게.

마녀2 어서 봐요, 어서.

마녀1 자, 조타수의 엄지야.
고향으로 갈 때 난파를 당한 놈이지. (안에서 북소리)

마녀3 북 소리다, 북 소리!
드디어 맥베스가 왔군요.

모두 손에 손을 잡고 바다와 육지를

눈 깜짝할 새 휘저으며
여기저기 돌아다니는 운명의 자매들,
그쪽으로 세 번, 내 쪽으로 세 번
다시 세 번, 그래서 아홉 번
쉿, 이제 주문이 걸릴 거야.

맥베스와 뱅쿼 등장

맥베스 이렇게 고약하면서도 고운 날씨는 난생 처음이군.

뱅쿼 포레스까지는 얼마나 멀다 하였소? 이것들은 뭐지?
말라비틀어지고 복장 또한 괴상하여
이 땅에 사는 존재 같지 않은데도
멀쩡히 그 위에 서 있다니? 살아 있느냐? 묻는 말에
답할 수 있느냐? 튼 손가락을 즉시
각자의 쪼그라진 입술에 갖다 대는 걸 보니
내 말을 알아듣는구나. 여자임이 분명한데
허나 그 턱수염을 보아하니 꼭 그렇게
볼 수만도 없겠구나.

맥베스 말해 보아라. 너희들은 무엇이냐?

마녀1 맥베스가 납시오! 글람스 영주 만세!

마녀2 맥베스가 납시오! 코도 영주 만세!

마녀3 맥베스가 납시오! 장차 왕이 될 몸이오!

뱅쿼 장군, 아니 왜 놀라시오? 이렇게 고운 소리를
두려워하는 것 같군요? 진실로 묻건대,
너희들은 허상이냐? 아니면 진실로 눈에 보이는
그대로 존재하는 거냐? 너희들이 현재의 작위,
앞으로 얻게 될 작위 그리고 왕권에 대한 희망으로
여기 지체 높은 장군을 환영해 주니
이분은 넋을 잃은 것 같은데 너희들은 내겐 아무말이 없구나.
시간의 씨앗을 들여다보고
어떤 씨앗이 자라나고 어떤 것이 안 그런지를 알 수 있으면
내게도 말해 보아라. 너희들의 호의나 적의 따위를
간청하지도 두려워하지도 않을 테니.

마녀1 만세!

마녀2 만세!

마녀3 만세!

마녀1 맥베스보다 못하지만 더 위대해!

마녀2 그리 복 되지는 않으나 훨씬 더 큰 복을 얻을 거야.

마녀3 왕이 못 될지라도 자손들은 왕이 될 거야.
자, 그러니 모두 맥베스와 뱅쿼를 환영하라!

마녀1 뱅쿼와 맥베스가 모두 납시오!

맥베스 잠깐, 말이 불완전하니 더 말해 보아라.

선친 피널의 작고로 내가 글람스의 영주인 건 맞다.
허나 어떻게 코도의 영주가? 코도의 영주는 살아 있으며
꽤 융성한 귀족이다. 게다가 왕이 되는 것도
코도의 영주가 되는 것만큼이나 추호도
믿기지 않는다. 대체 어디에서
이런 이상한 소식을 얻었는지 말해라. 왜
이 삭막한 광야에서 우리의 길을 막고
그런 예언으로 우리를 맞이하는 거냐? 말해라, 명령이다.

(마녀들 사라진다.)

뱅쿼 물처럼 땅에도 거품이 있나 보군요.
이것들이 바로 거품과 같으니. 대체 어디로 사라진 거요?

맥베스 허공 속으로. 육체를 지닌 것처럼 보였는데
숨결처럼 바람 속으로 녹아 버리다니.
조금만 더 머물렀더라면!

뱅쿼 우리가 지금 얘기하는 그것들이 여기 있었던 거요?
아니면 우리가 이성을 잡아 가두어
사람을 미치게 만든다는 독초라도 먹은 것이오?

맥베스 자네 후손들이 왕이 될 거라 하였소.

뱅쿼 자네는 왕이 될 거라 하였소.

맥베스 그리고 코도의 영주도 말이오. 그러지 않았소?

뱅쿼 말과 말투까지 꼭 그랬소. 누군가 여기로 오는데요?

로스와 앵거스 등장

로스 맥베스 장군, 폐하께서는 장군의 승전 소식을
접하고 매우 흡족해 하셨소. 그리고 폐하께서는
반란군과의 싸움에서 장군이 친히 무릅쓴 위험에 대하여
경탄과 칭송 중 장군에게 어떤 것이 더 어울리는지
갈피를 잡지 못하셨소. 그리하여 말문이 막히셨고
그날의 나머지 전과를 훑어보시면서
사납고 무서운 노르웨이군 대열 속에서 장군이
몸소 만든 이상한 죽음의 형상들을 전혀 두려워하지
않았다는 것을 아셨소. 수를 헤아리기도 바쁘게
속속히 전령들이 나타나서는 모두들 하나같이
왕국을 훌륭히 지켜낸 장군에 대한 칭송을 가져와서
어전에 쏟아 놓았소.

앵거스 저희들은
국왕께서 내리신 감사를 장군에게 전하고
장군을 어전으로만 모셔오라는 명을 받고 왔으며
포상을 내리러 온 것은 아닙니다.

로스 아울러 더 큰 영예에 대한 약조로 폐하께서는
장군을 코도의 영주로 칭할 것을 명하셨소.
그 작위에 따라, 가장 존귀하신 영주님을 환영합니다.

이제 코도의 영주님이니까요.

뱅쿼 아니, 악마가 진실을 말 할 수 있단 말인가?

맥베스 코도의 영주는 아직 살아 있소. 무슨 이유로 남의 옷을
빌려와 내게 입히는 것이오?

앵거스 한때 영주였던 분은 아직 살아
있으나 엄벌을 받아 곧 잃게 될 목숨을
부지하고 있을 뿐이오.
그가 노르웨이군과 연합을 하였는지 아니면
은밀한 원조와 편익을 제공해 반역자를[4]
지원했는지 혹은 둘 다 도모하여
나라의 전복을 꾀하였는지는 저로서는 모를 일이오.
하지만 대역죄가 자백되었고 판명이 나서
그는 자리에서 쫓겨났소.

맥베스 (방백) 글람스에 이어 이젠 코도의 영주라니.
최고의 것이 아직 남아 있다. (로스와 앵거스에게) 노고에
감사드리오.
(뱅쿼에게) 장군의 자손들도 왕이 될 것이라는 희망이 보
이지 않소?
내게 코도의 영주를 예견했던 것들이 장군에게도
그에 못지않은 것을 약속했으니 말이오?

---

4) 반란을 일으킨 맥도날드 혹은 맥도날드가 이끄는 반군을 말한다.

뱅쿼 곧이곧대로 다 믿었다간
코도의 영주 자리 외에 왕관까지 탐하려고
몸이 달겠어요. 허나 이상야릇하군요.
먼저 안심시키고 나서 우리를 해칠 속셈으로
악의 수하인들도 가끔은 진실을 말하는 법이죠.
하찮은 진실로 우리의 환심을 사고 나선 결정적인
고비에 우리를 배신하는 거지요.
두 분, 잠깐 할 얘기가 있소.

맥베스 (방백) 두 개의 진실이
밝혀졌다, 왕권을 다루는 웅장한 연극에 대한
상서로운 서막처럼. — 영주님들 감사합니다.—
(방백) 이 초자연적인 존재의 유혹은 불길하지도
길하지도 않을 것이다. 만일 불길한 것이라면
왜 성공에 대한 약조를 내게 주고
진실로 시작하겠는가? 난 코도의 영주이지 않은가.
만일 길한 것이라면, 왜 내가 그 솔깃한 암시에 굴복하는가?
그 끔찍한 모습 때문에 내 머리털은 쭈뼛 서고
가만히 있던 심장도 순리를 거슬러 갈비뼈를
두드리지 않은가? 눈앞에 있는 공포가
섬뜩한 상상들보다는 덜한 법이구나.

살인은 아직 한낱 공상에 불과한데 그 생각만으로도
나약한 이 일신이 심히 떨려
처리할 능력이 도리어 몽상 속에서 질식하는 꼴이니.
아무것도 없고 실재하지 않은 것만 있구나.

뱅쿼 여기 우리 장군이 얼마나 넋을 잃었는지 좀 보시지요.

맥베스 (방백) 왕이 될 운명이라면 내가 굳이 힘쓰지 않아도
운이 왕관을 씌워 주지 않겠는가.

뱅쿼 저분에게 내려진 새로운 명예가
마치 어색한 옷처럼 아직은 몸에 맞지 않나 봅니다.
입다 보면 익숙해지겠지요.

맥베스 (방백) 올 것이라면 와 봐라.
세월이든, 시간이든 아무리 험난해도 흘러가는 법이니.

뱅쿼 훌륭한 맥베스, 장군이 준비되기를 기다리고 있소.

맥베스 양해해 주십시오. 잊었던 일들로 제 둔한 머리가
혼란스러웠소. 친절한 경들, 당신들의 노고는
머릿속에 기록해 두고 매일 책장을 넘겨 그것들을
읽도록 하겠소. 폐하를 알현하러 가시지요.
(뱅쿼에게) 방금 벌어진 일들에 대해 생각해 보시오.
시간을 두고 한동안 숙고한 후에 서로의 속내를
허심탄회하게 이야기해 봅시다.

뱅쿼 기꺼이 그렇게 하지요.

맥베스 그럼 됐소. 자, 출발합시다. (퇴장)

1막 4장

포레스. 궁전의 어느 방

나팔 소리. 던컨 왕, 맬컴, 도널베인, 레녹스와 시종들 등장.

던컨 왕 코도의 사형은 집행되었느냐? 아니면 그 임무를 맡은 자들이 왜 여태 돌아오지 않는 것이냐?

맬컴 전하,
아직 돌아오지 않았습니다. 허나 그자가 죽은
것을 봤다는 사람과 얘기를 나눴는데, 그의 말에 따르면
그는 아주 솔직하게 자신의 대역죄를 고백했으며
전하께 사면을 간청하고는 깊이 참회하였다고
합니다. 살아생전 그의 어떤 모습도 목숨을 놓는
순간만큼 그에게 어울리지는 않았다 합니다. 죽음을
철저하게 미리 준비한 것처럼 죽었다 하는데
마치 끔찍이도 아끼던 물건을 하찮은 장신구처럼

내던지는 것과도 같았다고 합니다.

던컨 왕 얼굴에서
마음의 형상을 읽어낼 수 있는 기술은 없는가 보다.
그는 내가 절대적으로 신뢰했었던
신하였었는데.

맥베스, 뱅쿼, 로스와 앵거스 등장

오, 참으로 훌륭한 사촌이여!
내 배은망덕의 죄가 지금까지도
나를 짓누르고 있소. 장군이 한참 앞서 갔기에
내 보상에 아무리 재빠른 날개를 달아도 경을 따라잡기엔
역부족이오. 장군의 공훈이 좀 적었던들
과인은 응당 그에 맞는 감사와 보상을
내릴 수 있었으련만. 이제 과인이 할 수 있는 것이라곤
이 모든 것으로 갚을 수 있는 것보다 경의 몫이 훨씬 크다
고 말하는 것이오.

맥베스 제가 당연히 해야 할 봉사와 충성을
다하는 것 자체가 보상입니다. 폐하의 역할은
소인의 임무를 받아 주시는 것입니다. 소인들의 임무는
폐하의 옥좌와 나라에 자식이자 충복이 되어
그저 모두 폐하의 안녕과 영광을 도모하는 모든 일을

함으로써 응당 할 일을 하는 것뿐입니다.

던컨 왕 여기에 온 것을 환영하오.
그대를 심어서 그대가 최대한 자랄 수 있도록
힘쓸 것이오. 자 고귀한 뱅쿼,
장군도 그 못지않으며 덜한 과업을 이룩했다고
알려져서도 안 되오. 그러니 내 그대를 안아서
내 가슴에 품고 있겠소.

뱅쿼 그곳에서 제가 자라나면
수확은 폐하의 것이옵니다.

던컨 왕 넘쳐흐르는 기쁨이
가득 차올라 주체를 못하고 슬픔의 눈물방울 속에서
숨을 곳을 찾는구려. 왕자들과 친족, 영주들,
그리고 왕족과 가장 가까운 분들은 들으시오.
과인은 왕좌를 이어 받을 세자로
장남 맬컴을 책봉하고 이제부터 그를
컴벌랜드의 왕자라 부르겠소. 이 영예는
오로지 그에게만 내려져서는 안 되고
귀족의 징표는 별처럼 응당 자격이 있는 모든
신하에게도 빛나게 할 것이오. 여기에서 인버네스로 가서
그대에게 더욱 신세를 져야겠소.

맥베스 폐하를 위해 봉사하지 않는 휴식은 고역입니다.

소인이 몸소 선행관이 되어 폐하가 예방할 것이라는
기쁜 소식을 아내에게 전하도록 하겠습니다.
그럼 정중히 물러가겠습니다.

던컨 왕 훌륭한 코도로구나!

맥베스 (방백) 컴벌랜드의 왕자라! 이게 내 길을 방해하고 있으니
내가 걸려 넘어지거나 아니면 건너뛰어야
할 계단이구나. 별들아, 불빛을 가려라.
그 빛이 검고 깊은 내 욕망을 보지 못하고,
눈은 손을 보지 못하도록 하여라. 하지만 해치워지면
그 일은 눈도 무서워서 쳐다 볼 수 없을 것이다.

던컨 왕 훌륭한 뱅쿼, 맥베스는 실로 용맹하고
그의 칭송만으로도 배가 부를 지경이니
마치 내게는 잔치나 다름없소. 자, 우리를 환대하기위해
애써서 먼저 출발했으니 우리도 뒤따라갑시다.
그는 비할 데 없는 친족이오. (나팔 소리. 퇴장)

1막 5장

인버네스. 맥베스 성의 어느 방

맥베스 부인이 편지를 들고 홀로 등장.

맥베스 부인 '내가 성공을 거둔 날 그들이 날 맞이하였소. 그리고 가장 정확한 정보를 통해 그들이 인간들보다 더 많은 것을 알고 있다는 것을 알게 되었소. 그들에게 더 물어보고 싶은 욕망으로 달아올랐을 때 그들은 스스로 공기가 되어 허공으로 사라져 버렸소. 놀라서 넋을 잃고 있는데 폐하의 전령들이 와서 나를 코도의 영주로 환영해 맞이하였소, 그 작위는 바로, 조금 전 이 운명의 자매들이 나를 맞아 준 작위였소. 또한 "장차 왕이 될 분 납시오!"라며 시간상 앞으로 올 일에 대해서도 알려 주었소. 내 출세의 가장 아끼는 동반자인 당신에게 이것을 전달하는 것이 좋을 거라 판단하였소. 어떤 출세가 당신에게 약속되어 있는지를 모르면 당신은 응당 누려야 할 즐거움을 놓치게 되는 것 아니겠소.
이를 마음에 새기시오,
그럼 이만.'
글람스의 영주, 당신은 코도의 영주에 이어
예언 받은 자리도 장차 차지하게 되렷다. 허나 난 당신의
그 천성이 걱정이야. 본성이 젖처럼 선량한 천성으로 꽉 차
있어서 가장 빠른 길을 취하지를 못하거든. 당신은 권세를
얻게 될 거고 야망이 없는 것도 아닌데 그에 따르는
사악함이 없어. 높은 지위를 원하면서도
성자답게 얻으려 하고, 거짓 수작을 부리지는 않지만
부당하게 얻으려 한단 말이지. 위대한 글람스, 당신은 만일
얻고 싶다면 "그렇게 해야만 해."라고 외치는 것을 원하고
는 있어요.
허나 당신은 그 일을 해선 안 된다고 여겨서가 아니라
무서워서 못할 뿐이지요. 어서 오세요,
그러면 내가 당신의 귓속에 내 혼들을 부어 넣고
내 힘찬 혓바닥으로는 운명의 자매들과
초자연적인 조력자들이 당신에게 씌워 준
그 황금의 관을 당신이 차지하지 못하게
훼방 놓는 것들을 모조리 혼내 줄 테니.

전령 등장

무슨 소식이냐?

전령 오늘 저녁 폐하께서 이곳으로 행차하십니다.

맥베스 부인 미친 소리를 하는구나.
주인어른께선 폐하와 함께 있는 것 아니더냐? 오신다면
내게 미리 준비하라고 알리셨을 게다.

전령 송구스럽지만, 사실입니다. 영주님께서도 오고 계십니다.
제 동료 중 하나가 영주님을 앞질러 오느라
너무 숨이 차서 죽을 지경이 되어 간신히
그 전갈만을 전해 주었습니다.

맥베스 부인 그를 보살펴 주어라.
큰 소식을 가져왔구나. (전령 퇴장)
까마귀조차도 던컨 왕이
내 흉벽 안으로 들어오는 불길한 운명을 울어대느라
목이 쉬었군. 자, 내 살해 음모를 도와줄
혼령들이여, 어서 와서 여기 내 여자다움을 모두 없애고
머리부터 발끝까지 흉악한 잔인함으로 나를
온통 채워다오. 내 피를 혼탁하게 하여
연민의 정으로 이어지는 길과 통로를 막아 버려서
천성에서 우러나오는 양심의 가책이
잔악한 목적을 흔들어 놓거나, 그 목적과 그것의 성취 사이

에서
중재자 노릇을 하는 일이 없도록 하여라. 눈에 안 보이는
그 모습으로 사방에서 타락한 본성을 돕는 너희
살인을 돕는 하수인들아, 어서 내 젖가슴으로 와서
젖을 모두 담즙으로 바꾸어라. 검은 밤이여 오너라!
칠흑같이 시커먼 지옥의 연기로 네 몸을 휘감으면
내 예리한 칼날은 그것이 내는 상처를 못 볼 것이며
하늘도 검은 막 사이로 들여다보고 "멈춰라, 멈춰."라고
외치지 못할 것이니.

맥베스 등장

위대한 글람스 영주, 훌륭한 코도 영주님
장차 얻게 될 영광으로 이 둘보다 위대한 분,
당신의 편지가 앞날을 모르는 현재를 넘어 미래로
저를 안내해 주어 저는 지금 이 순간
그 미래에 와 있는 것 같습니다.

맥베스 내 사랑,
던컨 왕이 오늘밤 여기에 오실 거요.

맥베스 부인 출발은 언제입니까?

맥베스 내일로 계획하고 있소.

맥베스 부인 오, 결코

태양은 그 내일을 못 보게 될 겁니다.
나의 영주님, 당신의 얼굴은 책과 같아서 사람들이
이상한 문제를 읽어낼 거예요. 세상을 속이려거든
세상처럼 보이면 됩니다. 당신의 눈빛, 손, 혀에
환영의 기색을 담으세요. 청순한 꽃 같은 자태를 보이되
그 아래 독사가 되세요. 오시기로 한 손님을
맞이할 준비를 해야죠. 하지만 오늘밤
큰일은 제 손에 맡겨 주세요.
그러면 우리는 장차 밤이든 낮이든
절대 제왕의 권력과 지배력을 얻게 될 겁니다.

맥베스 더 얘기하도록 하죠.

맥베스 부인 그저 밝은 표정만 지으세요.
표정이 계속 바뀌는 것은 두려움의 증거니까요.
나머지는 모두 제게 맡기세요. (퇴장)

1막 6장
같은 장소. 성문 앞

오보에 소리와 횃불. 던컨 왕, 맬컴, 도널베인, 뱅쿼, 레녹스, 맥더프,
로스, 앵거스, 시종들 등장.

던컨 왕 성이 참 좋은 자리를 잡았구려. 공기도
가볍고 향긋하여 과인의 온화한 감각에
제격이오.

뱅쿼 이 여름 손님인
사원만을 찾아다니는 제비가 이 집에 둥지를
트는 것을 좋아하는 것을 보니 천상의 숨결이 이곳에서
구애하듯 감도나 봅니다. 돌출형 위층, 프리즈,
부벽, 튀어나온 모서리, 어디 하나 세모난 둥지와
새끼가 자랄 요람이 없는 곳이 없습니다.
지금껏 본 바로는 이 제비들이 찾아와 새끼를

많이 치는 곳은 항상 공기가 향긋하였습니다.

맥베스 부인 등장

던컨 왕 보시오. 여기 영광스러운 안주인께서 나오셨군.
과인에게 따라오는 사랑이 때로는 수고스러우나
그 수고를 사랑이라 여겨 감사하게 생각하오. 가르침인즉,
과인으로 수고스러워도 하느님께 과인의 안녕을 빌어 주고
과인으로 고생하더라도 과인에게 감사하라는 뜻이오.

맥베스 부인 소인의 모든 봉사가
각각 모두 두 배가 되고 또 이것이 갑절이 된다 하여도
부족하고 약소하여 폐하께서 저희 가문에
내려 주신 깊고 넓은 그 영광들에 비하면
턱없이 모자랍니다. 이전에 주셨던
작위에다 최근에 더 높은 작위를 얹어 주시니
소인은 은둔자가 되어 폐하의 복을 빌겠습니다.

던컨 왕 코도의 영주는 어디 있소?
과인이 그를 바짝 뒤쫓았소. 미리 와서 그의 징발관이
되려고 했었지요. 허나 그가 워낙 말을 잘 타기도 하거니와
그의 깊은 애정이 등자만큼이나 강렬했던지 우리보다
앞서가고 말았소. 아름답고 고귀한 부인,

과인은 오늘밤 부인 댁에 머물 것이오.

맥베스 부인 폐하의 종들은 항상
권솔들과 자기 자신, 그리고 재산들을 수탁하고 있을 뿐
폐하가 원하실 때는 언제나 회계 장부를 내보이고
되돌려 드릴 준비가 되어 있사옵니다.

던컨 왕 부인 손을 이리 주시고
주인에게 안내하시오. 과인은 그를 깊이 흠모하고 있으며
그에게 은혜를 계속 베풀 것이오.
자, 부인 실례하겠소.[5] (퇴장)

---

5) "실례하겠소."(By your leave)는 인사로 볼에 키스할 때 의례적으로 쓰이는 말이다. 이는 던컨 왕이 맥베스 부인에게 키스하는 상황임을 알려준다.

1막 7장
같은 장소. 성의 어느 방

오보에 소리와 횃불. 수라 시종과 여러 하인들이 요리와 식기들을 들고 무대 위를 지나간다. 맥베스 등장.

맥베스 만일 일이 끝났을 때 그걸로 끝이라면 차라리 빨리
해치우는 게 낫겠지. 만약 암살이
결과를 그물로 낚아서 그를 중지시키고
성공을 거머쥘 수만 있다면야. 실로 이 일격이
여기에서 전부이자 전체일 수만 있다면,
아니, 여기 시간의 강둑과 모래톱에서 저승의
심판을 무릅쓰고 모험을 할 만하지. 허나 이런 경우엔
꼭 이승에서 심판을 받게 마련이야. 그래서 피비린
교훈을 가르치면 그 학습 받은 것이 되돌아와
가르친 자를 괴롭히지. 공정한 양팔을 가진 정의의 여신은

우리가 만든 독이 든 성배의 독물을 우리 입술에
들이밀지. 그는 이중의 신뢰로 여기 머물고 있지 않은가.
먼저 난 그의 친족이자 신하로서
그 일을 완강히 반대해야 한다. 또, 그를 맞이한 주인이니
암살자가 들어오지 못하게 문단속을 하고
내 스스로 칼을 들면 안 되는 법. 게다가 던컨 왕은
권한을 매우 겸허하게 행사했고 국사에 있어서도
청렴결백하였으니 그의 덕망들은
그의 암살이라는 깊은 저주에 대해
나팔 같은 혀로 천사처럼 변론을 할 거다.
연민이 갓 태어난 벌거벗은 아기처럼
바람을 타고, 혹은 하늘의 천사처럼
눈에 보이지 않는 허공 속의 전령을 타고
사람들의 눈에 끔찍한 행동을 날려 보이면
그 눈물들은 바람도 잠재우겠지. 내 목적의
옆구리를 재촉할 박차는 없고 다만
뛰어오르는 야망만 있을 뿐인데, 이것은 너무 주제넘게
뛰어 올라 다른 곳에 떨어지기 십상이지 않은가.

맥베스 부인 등장

지금 어떤 일로? 무슨 소식이라도?

맥베스 부인 그가 식사를 거의 마쳐갑니다. 왜 방에서 나오셨어요?

맥베스 그분이 나를 찾던가요?

맥베스 부인 찾으신 걸 모르셨어요?

맥베스 이 일을 더 이상 추진하지 않았으면 해요.
왕께선 최근에 내게 영예를 내리셨고 나 역시
뭇 사람들로부터 황금빛 평판을 얻었으니
바로 벗어 던져 버리기보다는
새 광채 속에서 가장 찬란할 때 입고 싶소.

맥베스 부인 당신이 몸소 걸치고 있던
희망이 취했나요? 그 이후로 잠든 건가요?
깨어나서 스스로 그렇게 기탄없이 했던 것을 쳐다보곤
파랗게 질리고 창백해진 거예요? 이제부터는
당신의 사랑도 그런 줄 알겠어요. 욕망에 달아올랐을
때처럼 행동과 용맹에 있어서 똑같아지기가
두려운가요? 인생의 가장 큰 보배로
여기는 것을 가지고 싶으면서도,
'하고 싶어' 다음에 '난 감히 못해'를 붙여 놓고서
스스로를 겁쟁이라 여기며 살고 싶어요?
속담에 나오는 불쌍한 고양이처럼요?[6]

---

6) "고양이는 생선을 먹고 싶으면서도 감히 발을 적시려고 하지 않아."
라는 속담.

맥베스　　　　　　　　　　　　　　　　제발 그만 하시오.
사람다운 일이라면 모조리 하겠소.[7]
그 이상을 하는 자는 결코 사람이라 할 수 없소.

맥베스 부인　　　　　　　　　　　그러면 제게 이 위업을 털어놓던
그때 당신은 대체 어떤 짐승이었단 말입니까?
당신이 감히 그렇게 했을 때 당신은 장부였습니다.
그때보다 더 위대해지려면 훨씬 더
장부답게 굴어야 합니다. 시간과 장소가
그때는 다 맞지 않았어도 당신은 그 둘을 맞추려 했어요.
한데 이제 그 두 가지가 딱 맞아 떨어지니 당신이
무너지는군요. 제가 젖을 물려 봐서 젖을 빨고 있는
아기를 사랑하는 게 얼마나 애정 어린 일인지를 알지요.
하나 그것이 내 얼굴을 보며 웃고 있을지라도
이도 없는 잇몸에서 젖꼭지를 잡아 빼서
그 머리통을 박살낼 수도 있겠어요. 만약 당신처럼
이 일을 하겠다고 맹세를 했다면 말이에요.

맥베스　　　　　　　　　　　　　　　　만일 우리가 실패하면?

---

7) 영어 단어 'man'은 '사람'과 '사내(장부)'라는 뜻을 둘 다 지니고 있으며 맥베스와 맥베스 부인은 이중적 의미를 통해 대화를 주고받는다. 맥베스가 '사람' 이라는 뜻으로 말한다면 맥베스 부인은 이를 '장부'로 맞받아서 맥베스를 설득시킨다. 남성성에 호소하여 복수심이나 폭력의 욕구를 자극하는 화술은 3막 1장에서는 맥베스가 자객들에게, 그리고 4막 3장에서는 맬컴이 맥더프에게 사용하며 반복된다.

맥베스 부인 실패라고요?
그저 석궁의 활처럼 당신의 용기를 최대한 꽉 조이기만
하면 실패는 없어요. 국왕은 오늘 힘든 여정으로 인해
조금 일찍 곤한 잠에 드실 겁니다.
국왕께서 잠들면 저는 신나게 술판을 벌려
두 시종들을 쭉 뻗게 만들어 놓을 거예요.
그러면 그 기억이라는 두뇌의 호위병은
증기가 되고 이성을 담는 그릇은
그저 증류기가 되고 말아요. 잠에 곯아떨어지면
그들의 생명은 술에 절어 죽은 거나 다름없으니
무방비 상태인 던컨 왕에게 당신과 내가
무슨 짓인들 못 하겠어요? 만취한 왕의 호위병들에게
덮어씌우면 그들이 살육의 대죄를
지게 되지 않겠어요?

맥베스 아들만 낳으시오.
당신의 그 대담한 기운은 오로지 사내만을
만들 테니 말이오. 우리가 왕의 침소에서
잠에 떨어진 그 두 놈을 피로 칠해 놓고
또 그들의 검을 사용한다면 그놈들이 한 짓으로
받아들여지지 않겠소?

맥베스 부인 그의 죽음에 대해

우리가 요란하게 떠들며 통곡을 할 텐데
누가 달리 받아들이겠어요?

맥베스 결심이 섰고 신체의
모든 힘을 이 무서운 과업에 쏟을 작정이오.
자, 가서 가장 고운 모습으로 세상을 농락해 봅시다.
거짓된 얼굴로 그릇된 속마음을 숨겨야 하니까.

(퇴장)

2막 1장

같은 장소. 성안

뱅쿼와 횃불을 든 플리언스 등장.

뱅쿼 아들아, 밤이 얼마나 깊었느냐?

플리언스 달은 졌는데 시계 치는 소리는 못 들었습니다.

뱅쿼 달은 열두 시에 진다.

플리언스 더 늦은 시각인 줄로 압니다.

뱅쿼 내 칼을 받아 지녀라. 하늘에도 절약이 있는지
그들의 촛불이 다 꺼졌구나. 자, 단검도 받아라.
잠이 찾아와 납덩이처럼 무겁게 누르지만
아직 잠들고 싶지 않구나. 자애로운 천사들이여
잠이 들면 본성도 막지 못하는 저주 받을
생각들을 막아 주소서.

맥베스와 횃불을 든 하인 등장

내 검을 다오. 거기 누구냐?

맥베스 친구일세.

뱅쿼 아니, 장군, 아직 안 주무셨소? 왕께선 침소에 드셨소.
국왕께서 여느 때와 달리 기분이 좋으셨고
자네 성내 하인들에게 선물을 후하게 내리셨소.
게다가 자네 부인께도 가장 친절한 안주인이란 이름으로
이 다이아몬드를 인사로 내리셨고 더할 나위 없이
흡족해 하시며 인사를 마치셨소.

맥베스 미처 준비를 못한 터라
우리 뜻대로 못하고 빈약한 대로만 차렸소.
그렇지만 않았던들 융숭하게 대접했을 텐데 말이오.

뱅쿼 모든 게 다 훌륭했소.

(플리언스 퇴장)

어젯밤 그 운명의 세 자매에 대한 꿈을 꾸었소.
자네에게 어느 정도 진실을 보여 준 것 같던데.

맥베스 그들에 대해선 잊고 있었소.
허나 서로 한 시간 정도 여유가 있을 때
그 문제에 관하여 몇 마디 나누고 싶소.
장군이 시간만 허락해 준다면 말이오.

뱅쿼 장군이 편한 시간이면 언제든지요.

맥베스 때가 왔을 때 내 뜻에 동참해 주면
장군도 영광을 얻게 될 것이오.

뱅쿼 영광을 더 늘리려 하다가
오히려 잃게 되는 게 아니라면, 또한 항상 마음을
얽매지 않게 하고 결백한 충정을 유지할 수만 있다면
장군의 뜻에 따르겠소.

맥베스 그럼 잘 쉬게나.

뱅쿼 고맙소. 그럼 장군도 잘 쉬시오. (뱅쿼 퇴장)

맥베스 마님께 가서 일러라. 내 술이 준비되면
종을 치라고. 그리고 가서 자라. (하인 퇴장)
여기 내 앞에 보이는 것은 단검이 아닌가?
손잡이가 내 손을 향하고 있다니? 이리 온, 한번 잡아 보자.
잡을 수는 없어도 여전히 보이는데,
너 불길한 환상은 눈으로 볼 수는 있어도
만져 볼 수는 없는 것이냐? 아니면 넌 그저
열에 시달린 두뇌가 만들어 낸
환영, 마음의 단검이더냐?
허나 아직도 네가 보이는데 지금 뽑아드는
이것처럼 손에 잡힐 듯 뚜렷하구나.
내가 가는 길로 안내하다니

그래 난 그런 도구를 쓸 작정이었지.
내 눈이 다른 감각들의 노리개가 된 거냐, 아니면
다른 감각들보다 뛰어난 거냐. 아직도 네가 보이는데
칼날과 칼자루 위엔 조금 전에 없던
핏방울들이 있구나. 이런 건 세상에 없으렷다!
그렇다면 바로 그 피비린 일이 내 눈 앞에
이렇게 미리 보여 주는 거로군. 이제 세상의 반쪽에선
대자연이 죽은 것 같고 사나운 꿈은
아늑한 잠을 방해하는구나. 마녀들은 창백한[8]
헤카테에게 제물을 바치고, 수척한 살인자는
때가 되었음을 알리는 파수꾼 늑대의
울부짖는 소리에 벌떡 일어나 이렇게 은밀한 걸음으로
겁탈하러 가는 타퀸처럼 성큼성큼 그가 노리던 것을 향해
유령처럼 움직인다. 너 틀림없이 견고한 대지는
내 발걸음과 그것이 어디로 향하는지 듣지 말라.
돌들이 내 행방에 대해 떠벌려서 지금
이 순간에 꼭 알맞은 공포를 앗아가서는 안 되기
때문이니. 말로 협박만 하고 있는 한 그는 살아 있다.
말은 행동의 열기에 차디찬 입김만 불어 넣는구나.

---

8) 헤카테가 마법과 달의 여신이라서 '창백한' 이라는 단어는 달의 이미지를 암시한다.

(종소리가 울린다.)

자, 가자. 그러면 일은 끝난다. 종소리가 날 재촉하는구나.
던컨이여 듣지 말라, 이것은 당신을 천국으로 혹은
지옥으로 소환하는 죽음의 조종이니. (퇴장)

2막 2장
같은 장소

맥베스 부인 등장.

맥베스 부인 그들을 취하게 만든 것이 나를 대담하게 만들었고.
그들을 제압한 것이 나에게 불을 지폈어.
가만, 들어 보자. 올빼미가 울부짖고 있었군.
이 불길한 종지기도 가혹한 마지막 밤을 고하는 거지.
그이는 지금 처리하고 있겠지. 문은 열려 있고
진탕 마신 시종들은 자신들의 임무를 팽개치고
보란 듯 코를 골고 있어. 그들의 술에 약을 탔으니
죽음과 생명이 그들 안에서 다투고 있겠지,
그들을 살릴지 죽일지를 놓고.

맥베스 등장

맥베스 (안에서) 거기 누구요? 아니 여봐라?

맥베스 부인 아차, 끝나기도 전에 그들이 깨어날까 봐
걱정되는군. 이 일이 미수로 그치면 우리는
끝장이다. 쉿! 그들의 칼을 잘 놓아두었으니
그이가 찾지 못한 건 아니겠지. 그분의 잠든 모습이
우리 아버지만 닮지 않았던들 내가 처리했을 텐데.
당신이세요?

맥베스 일을 끝냈소.
당신 무슨 소리 못 들었소?

맥베스 부인 올빼미가 비명을 지르고 귀뚜라미가 울었어요.
무슨 말 안했어요?

맥베스 언제요?

맥베스 부인 방금이요.

맥베스 내가 계단을 내려올 때?

맥베스 부인 네.

맥베스 쉿! 옆방에는 누가 자고 있소?

맥베스 부인 도널베인이요.

맥베스 이거 불쌍한 꼴이군.

맥베스 부인 불쌍한 꼴이라니, 어리석은 생각 마세요.

맥베스 아까, 한 놈은 자다가 웃고 다른
한 놈은 "살인이야."라고 소리쳐 서로를 깨워 버렸소.
난 가만히 서서 듣고 있는데 각자 기도를 하더니만
다시 자리를 정리하고 잠에 들었소.

맥베스 부인 두 아들도 함께 자고 있어요.[9]

맥베스 사형수의 손을 하고 있는 내 꼴을 보기라도 한 것처럼
하나가 "하나님 우리를 축복하소서."라 하니 다른 놈은 "아멘." 하였소.
그들이 "하나님 우리를 축복하소서."라고 말하는데도
그 두려움을 듣고 있자니 "아멘."이 나오질 않았소.

맥베스 부인 대수롭지 않게 여기세요.

맥베스 그런데 왜 난 "아멘."이라는 말을 할 수 없었지?
축복이 가장 필요한 순간이었는데, "아멘."이라는 말이
목에 걸려 나오질 않았소.

맥베스 부인 이 일들을 이런 식으로 생각하면
안 돼요. 그렇지 않으면 우리는 미쳐 버릴 거예요.

맥베스 어떤 목소리가 "더 이상 잠들지 못하리. 맥베스는
잠을 죽였어."라고 외치는 걸 들은 것 같소. 아 순결한 잠,
근심으로 닳은 소매 끝의 너덜거리는 실을 기워 주고

9) 던컨 왕의 두 아들인 맬컴과 도널베인을 의미하는데 앞서 맥베스 부인은 도널베인 한 명만을 언급했다.

힘든 노동을 씻어 주는 잠, 하루하루 삶을 끝내는 죽음
상심의 향유, 대자연의 만찬에서 주된 요리이자
인생이라는 향연의 가장 큰 양식을 말이오.

맥베스 부인 무슨 말씀이세요?

맥베스 그것은 온 집안에 대고 계속 외쳐 댔소. "더 이상 잠들지
못하리," "글람스가 잠을 암살했어. 그러니 코도 역시
더 이상 잠들지 못하리. 맥베스는 더 이상 잠들지 못하리
라."라고.

맥베스 부인 그렇게 소리친 자가 누구였어요? 아니, 훌륭한 영주님,
당신의 고귀한 기백을 누그러뜨리고 그렇게
병약한 생각을 하시다니요. 자, 가서 물 좀 받아서
손에 있는 그 더러운 증거를 씻어 버리세요.
아니 이 단검들을 왜 여기까지 들고 온 거예요?
그것들은 그 방에 있어야죠. 자, 들고 가서 자고 있는
시종들에게 피 좀 묻혀 놓으세요.

맥베스 다시는 못 가겠소.
내가 한 일이 떠오를까 봐 겁이 나오.
도저히 다시 쳐다보진 못하겠소.

맥베스 부인 심지가 그리 약해서야!
단검 이리 주세요. 잠든 사람이나 죽은 사람이나
그림에 불과해요. 어린애들의 눈에나

악마 그림이 무섭게 보이죠. 정말로 피를 흘리고 있으면
그걸로 시종들의 얼굴을 잔뜩 칠해 놓을게요.
그들이 저지른 것처럼 보여야 하니까요.

(퇴장. 안에서 노크 소리)

맥베스 저 노크 소리는 어디에서 오는 걸까?
모든 소리에 섬뜩 놀라니 대체 내가 왜 이러는 거지?
여기 이 손은 무엇이냐? 어라, 이것이 내 눈을 뽑는구나.
거대한 넵튠의[10] 바닷물 전부로 손에 묻은 이 피를
씻어 낼 수 있을까? 아니, 이 손이 차라리
광대한 바다를 핏빛으로 물들여
초록을 완전히 붉게 만드는 게 낫겠구나.

맥베스 부인 등장

맥베스 부인 제 손도 이제 당신 손과 같은 색이에요. 허나, 심장도
당신처럼 하얗게 질렸다면 창피할 것 같군요. (노크)
남쪽 입구에서 노크 소리가 나니 이제 침실로 물러가요.
약간의 물만 있으면 이 일을 씻어낼 수 있으니
얼마나 쉬운 일이에요. 굳은 의지가 당신을
팽개치고 달아나 버린 거예요. (노크)

10) 로마 신화의 바다의 신.

들어보세요, 노크를 계속 하고 있어요.
침실 가운을 입으세요. 밖으로 불려 나갔을 때
깨어 있던 것으로 여겨지면 안 되니까요. 그렇게
초라하게 생각에만 빠져 있지 마시고요.

맥베스 내가 한 일을 인정하느니 차라리 내 자신을 잊는 게 낫겠
군. (노크)
그 노크 소리로 던컨 왕을 깨워 보려무나. 그럴 수만
있다면 좋으련만. (퇴장)

2막 3장
같은 장소

문지기 등장. 안에서 노크 소리.

문지기 여그, 문 한번 진탕 두드리는구먼. 지옥 문지기였더라면 열쇠 꽤나 돌렸을 참이여. (노크) 똑, 똑, 똑. 마왕 벨지버브의 이름으로 묻건는디 거기 뉘시요? 풍작이 지독히도 심하여 망할 걸 예상하고는 목을 매달아 버린 농부 놈이 납시었구먼. 때 맞춰 왔구먼이라. 여기서 그 대가로다가 비지땀 좀 흘릴 거니께 손수건이나 잔뜩 챙겨 놓으시구려. (노크) 똑, 똑. 또 다른 악마의 이름으로 묻건는디, 거 참, 누구시다요? 참말로 저울의 양쪽 접시를 놓고서도 어느 쪽에다 대고도 맹세를 할 놈이고, 하나님 위한답시고 반역을 저지르긴 했는디, 아무리 말을 잘 둘러대도 천국에는 들어가지 못한, 말을 요상하게 잘도 둘러대는 사기꾼이 납신 것이 틀림없구먼. 오냐, 들어 와라, 궤변가 놈아. (노크) 똑, 똑, 똑. 거, 누구시냐니께? 참말로 프랑스식 바지를 재단하면서 옷감을 돌라묵은 잉글랜드 재단사 놈이 온 거로구만. 재단사 놈아, 어서 들어와라. 여기에서 네 다리미를 달굴 수도 있으니. (노크) 똑, 똑, 한시도 가만있질 않는구먼. 니는 대체 뭣하는 놈이냐? 헌데, 여긴 지옥치고는 너무 춥다니께. 더 이상 이 지옥 문지기 노릇도 못 해 먹겄구먼. 무슨 일을 하였건 간에 좌우지간 직업 안 가리고, 앵초꽃 길을 따라 농탕질이나 하다가 화형대의 불길로 들어간 사람들을 좀 들여보낼 작정이었는디 말이여. (노크). 지금 나가요, 지금. 부탁인디, 문지기의 수고도 좀 잊지 않았으면 좋겄습니다요. (문이 열린다.)

맥더프와 레녹스 등장

맥더프 이보게, 얼마나 늦게 잠자리에 들었길래
이리 늦게까지 자고 있는 건가?

문지기 아이구, 나리, 두 번째 닭이 울 때까지 홍청망청 마셔댔습니다. 헌데, 나리, 술은 세 가지를 제대로 깨워 놓습니다요.

맥더프 술이 특히 깨워 놓는 그 세 가지가
무엇이냐?

문지기 그게 말입죠, 나리, 코를 벌겋게 만들기, 잠, 오줌입지요. 색욕을, 나리, 그것이 깨워 놓았다가 다시 재워 버립니다. 그것은 욕정을 깨워 놓고선 말이죠, 또 그 욕정을 못 채우게 합니다요. 그래서 말입죠, 과음은 색욕에 대해서 말을 둘러대는 궤변가라고들 하지요. 그것은 그 욕정이란 놈을 일으켰다가 망치고, 놈을 흥분시켰다가도 다시 무력하게 만들어 버리고, 놈을 설득했다가도 다시 낙담시키고, 놈을 세웠다가도 다시 죽게 만들어 버립니다요. 결론을 말씀드리자믄, 술은 요상하게 말을 둘러대어 잠들게 하고 쭉 뻗게 만들고는 떠나 버리는 놈이지요.

맥더프 내 생각엔 술이 간밤에 자네를 쭉 뻗게 만든 것 같군.

문지기 나리, 그놈이 글쎄 저한테 새빨간 거짓말을 했습지요.[11] 하지만 놈이 한 짓에 대해 앙갚음했구먼요. 지 생각엔 놈보다 제가 힘이 너무 셌는지, 한동안은 놈이 제 다리를 걸어 비척거리게 만들었어도, 지가 수를 써서 놈을 바닥에 내동댕이쳐 부렀구먼요.

맥베스 등장

맥더프 주인님께선 일어나셨느냐?

여기로 오는 걸 보니 노크 소리에 잠이 깨신 것 같구나.

(문지기 퇴장)

---

11) 영어의 동사 "lie"는 두 가지로 "거짓말 하다"와 "눕다"라는 의미를 각각 지닌다. 맥더프와 문지기는 이러한 이중의 의미를 이용하여 대화를 주고받는데, "쭉 뻗게 만든 것 같군."이라는 맥더프의 말에 대해 문지기는 "새빨간 거짓말을 했다"고 응수한다.

레녹스 안녕히 주무셨습니까, 존귀한 장군님.

맥베스 두 분들도 편안히 주무셨는지요?

맥더프 훌륭한 영주님, 폐하께서 기척이 있으신가요?

맥베스 아직 아닙니다.

맥더프 폐하께서 일찍 오라고 분부를 내리셨는데
자칫 시간에 늦을 뻔했소.

맥베스 폐하께 안내해 드리지요.

맥더프 이 일이 당신에게 즐거운 수고인 줄 알지만
어쨌든 수고임은 분명하지요.

맥베스 즐겨하는 일은 고통을 덜어 줍니다.
문은 이쪽이오.

맥더프 분부 받은 임무이오니 감히 들어가 보겠소. (맥더프 퇴장)

레녹스 폐하께서는 오늘 출발하시는 겁니까?

맥베스 그렇습니다. 그럴 계획이셨습니다.

레녹스 간밤이 지독히 사나웠습니다. 우리가 묵었던 곳에서는
굴뚝이 바람에 날아갔고, 사람들 말에 따르면
허공에선 통곡이 들리고 이상한 죽음의 비명 소리며
또 섬뜩한 목소리로 암울한 시기에 닥쳐올
무시무시한 난리와 혼란스런 사건에
대한 예언도 있었다고 합니다. 게다, 검은 새도[12]

---

12) 올빼미.

밤새 오래도록 울어 댔다고도 하고, 또 어떤 이는
대지가 열이 나고 흔들렸다고도 하는군요.

맥베스 힘든 밤이었습니다.

레녹스 저의 젊은 기억에는 이에 견줄 만한 밤은
없었던 것 같습니다.

맥더프 다시 등장

맥더프 오, 끔찍하다, 끔찍해, 끔찍하여라.
혀로도 심장으로도 그것을 떠올릴 수도 입 밖으로 낼
수도 없소.

맥베스, 레녹스 무슨 일이오?

맥더프 대 파괴가 위업을 달성했소.
가장 불경스러운 살인이 하나님의 기름 부으신
교회당을 갈라놓았고 그리고는
그 신전의 목숨을 앗아갔소.

맥베스 무슨 말씀이오? 목숨을요?

레녹스 폐하라 말씀하셨소?

맥더프 침소로 가 보시면 새 고르곤이 당신들의 눈을
멀게 할 것이오. 내게 설명하라고 부탁하지 마시오.
눈으로 직접 보고 스스로들 말씀하시오.

(맥베스와 레녹스 퇴장)

일어나라, 일어나!
경종을 울려라! 시역이며 반역이다.
뱅쿼, 도널베인과 맬컴 왕자님 일어나십시오.
죽음의 모조품인 아늑한 잠을 떨쳐버리고
죽음 자체를 보시오. 일어나요, 일어나서
최후 심판일의 모습을 보란 말이오. 맬컴 왕자님, 뱅쿼,
당신들의 무덤에서 일어나서 이 공포에
걸맞게 귀신들처럼 걸어 보시오. 종을 울려라. (경종이 울린다.)

맥베스 부인 등장

맥베스 부인 대체 무슨 일이기에
그렇게 무시무시한 나팔이 집안에 자고 있던 사람들이
다 모이도록 울려 대는 것이오? 어서 말씀해 주세요.

맥더프 오, 고귀한 부인.
제 말은 부인께서 듣기에 좋지 않습니다.
이 말이 여자들의 귀에 반복되면
그 말이 떨어지는 순간 사망입니다.

뱅쿼 등장

오, 뱅쿼, 뱅쿼.
우리 폐하가 시해되었소.

맥베스 부인 오, 비통합니다.
아니, 저희 집에서요?

뱅쿼 어디에서라도 너무 잔학한 일이오.
친애하는 더프, 당신이 한 말을 부정하고 아니라고
말해 주시오.

맥베스와 레녹스 및 로스 다시 등장

맥베스 이 일이 있기 한 시간 전에만 죽었어도
난 복된 삶을 살았을 텐데. 이 순간부터
인생에 있어 심각한 것은 전혀 없을 것이오.
명성과 은덕이 죽었으니 모든 것은 그저 시시하고
생명의 포도주는 말라 버려서 술 창고가 자랑할
것이라곤 그저 찌꺼기밖에 없소.

맬컴과 도널베인 등장

도널베인 무슨 변고라도 있는 거요?

맥베스 왕자님께 변고가 있는데 모르고 계시는군요.
왕자님 혈통의 샘물이자 머리인, 원천이
막혔습니다. 바로 그 원천이 막혀 버렸습니다.

맥더프 부왕께서 살해되셨습니다.

맬컴 오, 누가 한 짓이오?

레녹스 폐하의 침소 시종들이 저지른 것 같습니다.
그놈들의 손과 얼굴이 피로 범벅이 되었습니다.
놈들의 칼도 마찬가지였는데 피 묻은 채 그대로
베개 위에 있었습니다. 눈은 심히 놀란 듯 휘둥그레
떠져 있었습니다.
어떤 사람의 목숨도 그들에게 맡기지 말았어야 했습니다.

맥베스 오, 그렇지만 격분한 나머지 그들을 죽인 게
후회됩니다.

맥더프 왜 그랬소?

맥베스 누군들 당황한 가운데 슬기롭고, 분노한 가운데 온화하고
충성하면서도 중립을 지킬 수 있겠소? 아무도 그렇게는 못
할 것이오.
내 격렬한, 성급한 사랑이 신중한 이성을
앞질러 버렸소. 여기 던컨 왕이 누워 계셨소.
폐하의 은빛 피부는 금빛 피로 수놓여 있었고
깊이 베인 상처는 폐허의 파괴된 입구로

대자연의 균열처럼 보였소. 거기에 그 살인마들은
그들 소행이 빚어낸 색깔로[13] 젖어 있었고 놈들의 단검은
핏덩이로 뒤범벅되어 있었소. 사랑하는 마음을 지닌
자라면, 그 마음속에 사랑을 알리고자 하는 용기를 가진
사람이라면 누군들 참을 수 있었겠소?

맥베스 부인 오, 여기 날 좀 도와주세요.

맥더프 부인을 돌보시오.

맬컴 (도널베인에게 방백)
우리가 왜 입을 다물고 있어야 하나? 그럼 모두가 우리의
소행으로 돌릴 텐데 말이다.

도널베인 (맬컴에게 방백) 이곳에서 무슨 얘기를 하겠어요?
운명이 송곳 구멍만한 곳에 숨어 있다가 언제 느닷없이
우리의 목숨을 잡으러 올지 몰라요. 자, 떠나요.
눈물이 고이기엔 아직 이릅니다.

맬컴 깊은 슬픔도

---

13) 이 부분의 원문은 "Steeped in the colours of their trade"로 직역하자면 '그들의 소행의 색깔로 젖어 있었다.' 이다. 맥베스는 '피로 흠뻑 젖어 있다.'는 말 대신 일부러 완곡한 표현을 사용하고 있으며 이는 맥베스와 맥베스 부인의 살인에 대한 공통된 태도이다. 이 둘은 살인이라는 직접적인 표현을 피하고 주로 "일" 혹은 "짓," "과업" 등의 명사를 사용하고 있으며 동사 역시 "하다"(do)를 사용한다. 동사 "do"는 영어에서 '성적인 행위를 하다'라는 뜻도 지니고 있으며 맥베스가 살인을 저지르기 직전 자신을 루크레티우스를 겁탈하러 가는 타퀸에 비유하는 것은 이와 같은 맥락에서 이해될 수 있다.

아직 미동도 않는구나.

뱅쿼 부인을 돌보시오. (부인이 실려 나간다.)
밖으로 노출된 연약한 알몸을 가린 후에
다시 만나 이 피비린내 나는
사건을 조사하고 더 알아봅시다.
두려움과 의심으로 떨리지만
하나님의 위대한 손 안에 있기에
악랄한 역적이라는 비밀스런 음모에 대항해
싸우겠소.

맥더프 나도 마찬가지요.

일동 모두가 그렇소.

맥베스 장부에 걸맞은 차림으로 속히 갈아입고
홀에서 다시 봅시다.

일동 좋소이다.

(맬컴과 도널베인을 제외하고 모두 퇴장)

맬컴 어떻게 할 작정이냐? 저 무리에 합류하지 말자.
마음에도 없는 슬픔을 보이는 것은 그릇된 인간이
쉽게 하는 일이니. 난 잉글랜드로 갈 계획이다.

도널베인 저는 아일랜드로요. 저희가 떨어져 있어야
둘 다 더 안전하겠지요. 우리가 있는 곳에선
미소 속에도 단검이 있어요. 핏줄이 더 가까울수록

피를 더 원하는 법입니다.

맬컴 목숨을 노리고 쏜 이 화살은
아직 과녁에 꽂히지 않았으니 우리에게 가장 안전한 길은
표적이 되지 않는 것이다. 그러니 말에 올라타자.
거추장스런 작별 인사는 접어 버리고
몰래 빠져나가자. 자비의 여지가 없을 때는
몰래 도망가는 도적질도 정당한 법이다.

(둘은 퇴장)

2막 4장
성문 밖

로스와 한 노인 등장.

노인 육십 년하고도 십 년을 똑바로 기억하는데
그 세월 동안 끔찍한 시절과 이상한 것들을
보아 왔으나 어제같이 힘겨운 밤을 겪고 나니
전에 알고 있던 것들은 아무것도 아닌 것 같습니다.

로스 아, 어르신,
보시다시피 인간의 행위에 괴로웠는지 하늘도
인간들의 피비린 무대를 위협합니다. 시간으론 낮인데
어두운 밤이 나그네 등불[14]의 목을 조르고 있고요.
생명의 빛이 대지의 얼굴에 입을 맞춰야 할 때에
오히려 어둠이 그 얼굴을 무덤 속에 묻어 버렸으니

14) 태양에 대한 완곡어법이다(아든 주석).

밤의 승천인 거요 아니면 낮의 수치인 거요?

노인 순리에 맞지 않아요,
벌어진 일들처럼 말이오. 지난 화요일에는
자랑스러운 가장 높은 곳까지 날아오른 매가
쥐나 잡아먹는 올빼미에 의해 습격 받아 죽었습니다.

로스 게다가 이건 가장 이상하고도 분명한 일인데,
던컨 왕의 말들은 그 종자 중 최고로, 아름답고 재빠른데
길길이 날뛰더니 마구간을 부수고 복종을 거스르고
뛰쳐나가 버렸소. 마치 인류와 전쟁이라도 하려는
듯 말이오.

노인 서로를 잡아먹었다고들 하였습니다.

로스 네, 그랬습니다. 제 놀란 두 눈으로
그걸 보았습니다.

맥더프 등장

훌륭한 맥더프 장군이 오시는 군요.
장군님, 지금 세상이 어찌 돌아가고 있습니까?

맥더프 아니, 모르시겠소?

로스 누가 그 피비린내 나는 일을 저질렀는지 밝혀졌소?

맥더프 맥베스 손에 죽은 자들이겠지요.

로스 아이고, 하늘이여.

그것으로 무슨 이득을 노렸을까요?

맥더프 매수된 거지요.
왕의 두 아들인 맬컴 세자와 도널베인 왕자가
몰래 도주하였으니 바로 이들의 소행일 것이라는
의심이 생길 것이오.

로스 더욱 인간의 도리에 어긋나오,
자신의 생명줄을 게걸스럽게 삼키는
그 헛된 야망 말이오. 그러면 왕권은
필시 맥베스에게 가겠군요.

맥더프 이미 왕으로 책봉되어 대관식을 위해
스쿤으로 떠났소.

로스 국왕의 시신은 어디에 있소?

맥더프 콜메킬로 운구되었소.
선왕들의 성스러운 지하 묘소로
그들의 유골들이 모셔진 곳이오.

로스 스쿤으로 가시겠소?

맥더프 아니오, 사촌. 난 파이프로 갈 계획이오.

로스 그럼 저는 저쪽으로 가겠소.

맥더프 그쪽 일이 원만히 진행되는 걸 보시길. 그럼 이만,
헌 옷이 새 옷보다 더 편치 않아야 할 텐데.

로스 어르신, 안녕히 계십시오.

노인 신의 축복이 영주님께 있기를, 그리고 악을 선으로 만들고 적을 친구로 삼는 자들에게도 있기를 빕니다.

(모두 퇴장)

3막 1장

포레스. 성의 어느 방

뱅쿼 등장.

뱅쿼 자네는 이제 다 가졌어, 국왕에 코도와 글람스 영주까지,
꼭 운명의 자매들이 예언한 그대로. 그런데 자네가
그것을 차지하려고 가장 고약한 짓을 했을까 두렵군.
하지만 자네의 대를 이을 후손은 없고 오히려 내가
여러 왕들의 근원이자 아버지가 된다고
했겠다. 그들의 입에서 진실이 나온 것이라면,
맥베스, 그들의 말이 그대를 환히 비추어 주고
그대에게 진실을 입증해 보였으니
그 말들이 또한 나의 신탁도 되어서 내게도
부푼 희망을 줄 수 있지 않을까? 하지만 쉿, 그만하자.

나팔 소리. 왕이 된 맥베스와 맥베스 부인, 레녹스, 로스 및 귀족들과 수행원들 등장

맥베스 여기 우리의 가장 큰 손님이 계시는군요.

맥베스 부인 만약 우리가 그분을 챙기지 못했다면
우리의 성대한 잔치에 오점이었을 것이며
전혀 어울리지 않았을 것입니다.

맥베스 오늘 과인은 격을 갖춘 만찬을 열 예정이니, 장군,
꼭 참석해 주기를 부탁드리오.

뱅쿼 폐하께서 명령만
내리십시오. 제 임무는 그 명령에
끊을 수 없는 영원한 끈으로
묶여 있습니다.

맥베스 오늘 오후에 말 타시오?

뱅쿼 네, 폐하.

맥베스 그렇지 않았다면 오늘 회의에서 늘 진중하면서도
일을 원만히 성사시키는 장군의 좋은 조언을
구했을 터인데. 그러면 내일 듣기로 하지요.
말을 타고 멀리 가시오?

뱅쿼 네, 폐하. 지금부터 저녁 식사께 돌아올 만큼
멀리 갈 계획입니다. 예상만큼 말이 잘 달리지 못하면
어두운 밤 시간에 한두 시간 정도 달려야 할 수도

있습니다.

맥베스 만찬에는 부디 빠지지 마시오.

뱅쿼 꼭 참석하겠습니다, 폐하.

맥베스 과인이 듣기론 잔악한 사촌들이 잉글랜드와
아일랜드에서 체류하며 그들의 끔찍한 부친 시해를
자백하지도 않고 말도 안 되는 날조된 얘기를
퍼뜨린다 하오. 하지만 그 외에도
내일 우리 둘이 함께 의논해야 할
국정 문제가 있소. 서둘러 말 타러 가시오. 무사히
저녁에 잘 돌아오시오. 플리언스도 함께 가오?

뱅쿼 네, 폐하. 이제 갈 시간이 되었습니다.

맥베스 아무쪼록 자네 말들이 날쌔고 발길도 야무져야 할 텐데.
그럼, 이제 말 등에 올라타도 좋소.
잘 가시오. (뱅쿼 퇴장)
저녁 일곱 시까지는 각자 나름의 시간을
보내도록 하시지요. 손님을 더 상냥하게
대접하기 위해서 만찬까지 과인은
혼자 있겠소. 그동안 편히들 쉬시오.

(멕베스와 하인만 남고 모두 퇴장)

여봐라, 할 얘기가 있다. 그자들이 과인을 만나려고 기다리고 있느냐?

하인 네 폐하, 성문 밖에 있사옵니다.

맥베스 그자들을 불러와라. (하인 퇴장)
무사하지 않은 채 이렇게 사는 것은 무의미하다.
뱅쿼에 대한 공포는 실로 깊이 박혀 있고
그의 타고난 군주다운 성품에는 두려워할 만한 게
군림하고 있다. 놈은 대단히 과감하며
불굴의 기상을 지녔을 뿐 아니라
대담성을 신중히 발휘하도록 도와주는 지혜까지
갖추었다. 내가 두려워하는 존재는 오직
그놈 밖에 없으니 놈이 있으면
내 수호신이 위협받는 거다. 마치 마크 안토니의 수호신이
시저에게 위협받았다고 하는 것처럼. 운명의 자매들이
내게 먼저 왕이라는 칭호를 부여하자 그는 그들을 꾸짖고
자신에게도 말할 것을 명령했었지. 그러자 예언자처럼
그들은 그를 한 왕가의 아버지로 환영했고
내 머리에는 대가 끊어진 왕관을 씌워 주고
내 주먹엔 불모의 왕홀을 쥐어 주었어. 그마저도
내 혈통이 아닌 다른 손에게 빼앗기게 될 터이니
내 대를 잇는 아들은 없는 거지. 일이 이러하다면
뱅쿼의 자식들을 위해 난 마음을 더럽혔고
바로 그들을 위해 어진 던컨 왕을 살해한 꼴이다.

결국 단지 그들을 위해 내 평화의 성배에
악한 증오를 따라 붓고 내 영원한 보석을
인류의 적, 악마에게 내줘 버렸어, 오로지
그들을 왕으로, 뱅쿼의 자식들을 왕으로 만들기 위해.
그리 될 바엔 운명아 결투장으로 들어와라,
죽을 때까지 나와 겨뤄 보자. 밖에 누구냐!

하인과 두 자객 등장

이제 부를 때까지 문에 가 있어라.

(하인 퇴장)

우리가 말을 나눴던 게 어제가 아니었느냐?

자객들 그러하옵니다. 폐하

맥베스 자, 그럼

너희들은 내 말을 생각해 보았느냐?
새겨들어라, 지난 시절 너희들을 불행하게
만든 것은 그 작자였는데, 너희들은
아무 죄도 없는 과인의 탓이라 여기고 있었다.
지난번 만났을 때 증거들을 가지고
너희들에게 이 점을 입증해 보였다.
너희들이 거짓된 약속으로 얼마나 속았으며 또 방해받았는지를,

온갖 수단들이며, 누가 그 수단들로 일을 꾸몄는지를,
또 반편이나 미치광이에게도
"뱅쿼가 저지른 일이오."라고 말할 수 있는
그 밖의 모든 것들을 말이다.

자객1 저희들에게 알려 주셨습니다.

맥베스 그렇지, 그리고 좀 더 얘기를 했으며 그것이
이 두 번째 만남의 목적이다. 너희들의 천성은
이것을 그냥 넘겨 버릴 정도로 참을성이 그리 많더냐?
아니면 복음의 가르침에 흠뻑 취해 이 대단한
인간과 그의 자손을 위해 기도라도 하겠다는 거냐?
그의 모진 손이 너희를 무덤 앞에서 무릎 꿇게 했고
너의 가족과 후손들을 영원히 거지로 만들었는데도?

자객1 폐하, 저희도 사람입니다.

맥베스 그렇지, 명부엔 너희들은 사내로 적혀 있다.
마치 사냥개, 잿빛 사냥개, 잡종견, 스패니얼, 똥개
털북숭이 애완견, 물새 사냥개, 늑대 잡종견이
모두 개의 이름으로 불리듯 말이야. 하지만
세목 장부는 날쌘 놈, 느린 놈, 영리한 놈,
집 지키는 개, 사냥개 등 모두를 아낌없는
자연이 각자에게 부여한 재능에 따라
구분하지. 그래서 모두 같은 종으로 분류되는

장부와는 별도로 개들에게 각자의 고유한 특성이
따로 부여된다. 사내도 마찬가지다.
자, 만일 너희들이 사내들의 목록에 있는데
가장 낮은 계급에 있지 않거든 말해 보아라.
그러면 내가 그 일을 너희들에게 맡길 테니.
그것만 처리하면 너희들은 원수도 제거하고
과인의 총애와 사랑을 꽉 잡게 되는 거다.
그놈이 살아 있으면 과인의 건강은 병약하나
그놈이 죽으면 과인의 몸은 완벽하다.

자객2 저도 사내입니다, 폐하.
세상의 모진 풍파로 인해
분통이 치밀어 올라 물불 가리지 않고 세상에
앙갚음하고자 합니다.

자객1 저 역시 사내로서
재앙들로 인해 너무 지치고 팔자에 시달렸으니 기회만
있다면 목숨을 무릅쓰고 운명을 뜯어 고치든지
아니면 끝장내든지 할 겁니다.

맥베스 너희 둘 다 뱅쿼가 네놈들의 원수라는 걸 알고 있다.

자객들 아무렴요, 폐하.

맥베스 내 원수이기도 하다. 지독한 원수지간이라
놈이 살아 있는 순간순간 내 목숨의 급소는

위태롭다. 물론 내가 숨김없이
권력을 써서 그를 내 눈 앞에서 사라지게 하고
내 뜻이 정당함을 밝힐 수도 있다. 허나 그자와 나
둘 다에게 친구인 몇몇의 호의를 저버릴 수가 없으니
그렇게는 못하고 내가 스스로 때려눕히고도
그놈이 쓰러진 것을 슬퍼해야 한다. 그런 고로
내가 너희들의 도움을 애걸하는 바이고
여러 가지 중대한 이유로
이 일이 뭇 사람들의 눈에 띄지 않게 하려는 거다.

자객2 폐하, 분부대로
처리하겠습니다.

자객1 설령 저희들의 목숨이...

맥베스 기백이 빛나는구나. 아무리 늦어도 한 시간 내에
너희들이 어디에 숨어 있을지를 알려 주고
완벽하게 때를 엿보다가 처리할 정확한 순간을
알려 주겠다. 이 일은 오늘밤 궁전 밖에서
해치워야 한다. 깔끔한 일 처리를 원한다는 걸
항상 명심해라. 그놈 말고도
이 일에 있어 어떤 장애나 흠집도 안 남기려면
그와 동행하는 아들 플리언스도
어둔 시간의 숙명을 만나야 한다. 그 아비를 없애는 것

못지않게 그놈을 제거하는 것도
무척 중요하다. 물러가서 결심해라.
잠시 후 다시 보도록 하자.

자객들 폐하, 결심했사옵니다.

맥베스 곧 너희를 부를 테니 안에서 기다려라. (자객들 퇴장)
이제 매듭지었군. 뱅쿼, 너의 영혼이 날아가서
천국을 찾으려거든 오늘 밤에 찾아야 할 거다. (퇴장)

3막 2장
같은 장소. 다른 방

맥베스 부인과 하인 등장

맥베스 부인 뱅쿼 장군이 궁정 밖으로 나가셨느냐?

하인 네, 마님. 하지만 오늘 밤에 돌아옵니다.

맥베스 부인 몇 마디 나눌 여유를 원한다고 폐하께
아뢰어라.

하인 네, 마님. (퇴장)

맥베스 부인 얻은 것은 하나 없이 모두 소진되었을 뿐이니
욕망은 채웠는데 만족이 없어.
파괴를 통해 불안한 기쁨 속에 사느니
차라리 파괴당하는 처지가 더 안전하겠구나.

맥베스 등장

아니, 어찌하여 폐하 혼자 계십니까?
가장 괴로운 망상들을 친구 삼아 그 망상들이
불러일으키는 그 상념들을 계속 파고들면서 말예요. 그
상념은 그들과 함께 진즉 죽었어야죠. 해결책이 전혀 없는
것들은 염두에 두지 마세요. 끝난 것은 끝난 겁니다.

맥베스 우리는 상처만 입혔지 뱀을 죽이진 못했소.
놈이 다시 아물어서 원래 힘을 찾게 되면 어설프게 해친
탓으로 이젠 우리가 독니에 물릴 위험에 처하게 되오.
아니, 두려움 속에서 식사를 하고 또 밤마다
끔찍한 꿈들의 괴롭힘 속에서 벌벌 떨며 잠들 바엔
차라리 그전에 만물의 질서가 붕괴되어 현세와 내세가
다 끝장나 버렸으면. 이 몸의 평안을 위해 영면으로
보내 버린 죽은 자들과 함께 있는 편이 낫겠소.
정신의 고문대 위에서 불안에 떨며 넋이 나간 채
누워 있느니 말이오. 던컨은 무덤 속에 있소.
생명의 발작 같은 열이 지나간 후 그는 잘 자고 있소.
반역이 그에게 가장 몹쓸 짓을 한 거요. 쇠 무기나 독약도
내란도, 외세의 침입도, 그 어떤 것도
이젠 그를 건드릴 수 없으니.

맥베스 부인 그만하세요, 훌륭한 폐하.

구겨진 인상을 펴시고 오늘 저녁 손님들에게
밝고 상냥하게 대하세요.

맥베스 그렇게 하겠소, 부인, 당신도 그리 해 주시오.
뱅쿼 장군을 잘 유념하여
그에게 눈과 입으로 각별한 영광을 주시오.
한동안은 불안하니 과인은 이 아첨의
냇물에서 과인의 영광을 깨끗이 하고
과인의 얼굴을 마음의 가면으로 삼아
마음의 본 모습을 가릴 작정이오.

맥베스 부인 그만 잊으십시오.

맥베스 사랑스런 부인, 오, 내 머리가 전갈로 가득 찼소.
당신도 뱅쿼와 플리언스가 살아 있다는 걸 알잖소.

맥베스 부인 하지만 그들에게도 자연의 소유권이[15] 영원하지는 않아요.

맥베스 그들이 처치될 수 있으니 그나마 안심이 되오.
그러니 기운 내시오. 박쥐가 수도원 안에서
날기도 전에, 시커먼 헤카테의 부름 받아
거름에서 생겨난 딱정벌레가 졸린 듯 웅얼거리며

---

15) 원문은 'nature's copy'로 여기에서 'copy'는 'copyhold'로 장원의 영주로부터 토지의 임대를 보증하는 보유권을 의미하며 경우에 따라 한 사람이 사망한 후 종료되거나 혹은 상속인에게 상속되는 경우가 있다. 이와 달리 'copy'를 '복제'나 '본뜬 형상'으로 이해할 경우, 이 부분은 '신의 모습을 따서 만들어진 인간'으로 해석될 수도 있다.

하품 같은 밤의 종소리를 울리기 전에 섬뜩한,
별난 일이 벌어질 것이오.

맥베스 부인 무슨 일이 일어나는 겁니까?

맥베스 사랑스런 귀염둥이, 그 일에 대해선 모르고 있다가
일이 처리되면 박수나 치시오. 자, 눈을 가리는 밤이여,
연민에 찬 어린 낮의 부드러운 눈을 가려 주고
너의 보이지 않는 피비린 손으로
나를 창백하게 만드는 저 위대한 계약을[16]파기하고
갈기갈기 찢어 버려라. 빛은 짙어지고[17]
까마귀는 떼까마귀로 빼곡한 숲으로 날아가니
낮의 착한 것들은 축 처지고 꾸벅꾸벅 졸기 시작하고
밤의 시커먼 하수인들은 먹이를 찾아 행동에 나서지.
당신 내 말에 놀랐군요. 하지만 침착하시오.
악으로 시작한 것은 악행에 의해 강해지는 법이오.
자, 이제 같이 가 봅시다. (퇴장)

---

16) "저 위대한 계약"의 원문은 'that great bond'로, '계약'(bond)은 편찬자들 사이에서도 그 해석에 있어서 이견이 많다. 크게 두 가지 해석으로 보자면, 하나는 맥베스가 도덕적 법규에 대해 지니는 계약과 충심을 의미하며 다른 하나는 뱅쿼의 생명의 보증을 의미한다.

17) 빛이 점점 짙어지는 것은 모순어법이지만, 안개와 마녀들의 탁한 공기에 의해 만들어진 대기를 연상시킨다(아든 주석).

3막 3장
같은 장소. 성으로 이어지는 길옆의 작은 숲

세 명의 자객들 등장.

자객1 누가 우리와 행동하라 하였소?

자객3 맥베스 왕이요.

자객2 이자를 불신할 필요는 없어, 우리의 임무와
우리가 꼭 해야 할 일을 폐하가 지령내린
그대로 말하고 있으니 말일세.

자객1 그럼 옆에 자리를 잡으시오.
서쪽엔 아직 희미한 빛줄기가 어른거리고
이제 늦은 나그네가 때 맞춰 숙소에 닿으려고
빠르게 박차를 가하니 우리가 망보며 기다리는
대상도 다가오는군.

자객3 가만, 말발굽 소리요.

뱅쿼 (안쪽에서) 여봐라, 이쪽으로 불을 비춰라!

자객2 그럼 바로 그놈이요.
오기로 한 손님들은 모두 이미
궁궐 안에 있으니까.

자객1 놈의 말들이 길을 돌아오는군요.

자객3 대략 일 마일 정도요. 하지만 다들
그렇듯 놈도 통상 거기부터 성문까지
걸어 다니죠.

뱅쿼와 횃불을 든 플리언스 등장

자객2 불빛이요, 불빛.

자객3 그자요.

자객1 준비들 하게.

뱅쿼 오늘 밤엔 비가 오겠구나.

자객1 올 테면 오라지.

뱅쿼 오 반역이다!
(자객1이 횃불을 끄고 나머지 자객들이 공격한다.)
달아나라, 플리언스, 달아나, 어서, 달아나.
네가 복수를 해 주거라... (플리언스는 달아난다.)
아, 고얀 놈아! (죽는다.)

자객3 누가 불을 끈 거요?

자객1 그렇게 하기로 했던 거 아니요?

자객3 하나만 쓰러졌고 아들은 도망쳐 버렸소.

자객2 우리 일의 중요한 절반을 놓쳐 버렸군.

자객1 어쨌든 가서
얼마나 했는지를 말씀드립시다. (퇴장)

3막 4장
궁전의 대연회장

연회가 준비되어 있다. 맥베스, 맥베스 부인, 로스, 레녹스, 귀족들 및 수행원들 등장.

맥베스 각자 지위와 그에 따른 자리를 아실 테니 앉으시지요.
진심으로 모두를 환영하는 바입니다.

귀족들 황공하옵니다, 폐하.

맥베스 과인이 손님들과 어울리며 부족하나마
주인 노릇을 하겠소. 왕비가 지금은 옥좌에 있으나
적절한 때에 안주인의 환영 인사를 듣기로 하지요.

맥베스 부인 폐하, 모든 손님들께 환영한다고
제 마음을 대신하여 말씀해 주십시오.

자객1 등장

맥베스 보다시피, 모두들 진심어린 감사로 당신에게 화답하는구려.
양쪽에 고루 앉으셨으니 과인은 여기 가운데 자리하겠소.
한껏 흥을 내시오. 이제 곧 테이블 전체를 돌며
축배를 들겠소. (문 쪽으로 간다.) 네 얼굴에 피가 묻었군.

자객1 그렇다면 뱅쿼의 것입니다.

맥베스 그놈 몸속에 있는 것보단 네 얼굴에 있으니
더 좋다.
놈은 처치되었느냐?

자객1 폐하, 그의 목을 땄습니다. 바로 제가 했습니다.

맥베스 네놈이 목을 따는 데 있어선 최고로군.
허나 플리언스의 것을 처리한 놈도 훌륭하지.
네가 그걸 해냈다면 네게 비길 자는 없다.

자객 국왕이시여 플리언스가 도망쳤습니다.

맥베스 그렇다면 발작이 도지겠구나. 그렇지 않으면 완벽한데.
대리석처럼 완전하고 바위처럼 확고부동하고
에워싸고 있는 공기처럼 자유롭고 속박이 없을 텐데.
하지만 난 갇혔고, 가둬졌고, 구속되었고, 그 건방진
의심과 공포에 묶여 버렸어. 허나 뱅쿼는 무사하지?

자객1 아무렴요, 폐하. 도랑에 무사히 누워 있습니다.

머리에 스무 개의 깊은 상처를 입었는데
아무리 작은 상처라도 즉사했을 겁니다.

맥베스 그거 고맙군.
다 자란 독사는 거기에 뻗어 있으나 달아난 새끼 뱀은
지금은 이빨이 없더라도 시간이 지나면
독을 품게 될 천성을 지닌 법. 물러가고 내일
다시 얘기하자. (자객1 퇴장)

맥베스 부인 왕이시여,
환영의 축배를 하지 않았습니다. 이따금씩
환영의 인사를 안 하시면 잔치를 베푸는 게 아니라
음식을 파는 겁니다. 먹기로는 자기 집이 최고지요.
집을 나오면 의식이야말로 고기에 양념이 되는 거고
그 의식이 없으면 모임은 볼품없사옵니다.

뱅쿼의 유령이 나타나서 맥베스의 자리에 앉는다.

맥베스 친절히도 귀띔을 해 주시니.
자, 왕성한 소화력이 식욕을 잘 받쳐 주고
또 건강 덕에 소화력과 식욕 모두 왕성하시기를!

레녹스 폐하께서도 자리에 앉으시옵소서.

맥베스 인자한 뱅쿼만 이 자리에 참석했더라면

나라의 모든 귀족들이 한 지붕 아래 모였을 것이오.
그에게 닥친 불행을 불쌍히 여겨야 할 상황이 아니라
불참한 무례함을 책망해야 하는 상황이라면 좋겠소.

로스 폐하, 그가 불참한 걸 보니
그의 약속이 의심됩니다. 폐하께서 저희와 함께하시는
영광을 베풀어 주시겠습니까?

맥베스 자리가 다 찼군요.

레녹스 여기 자리가 마련되어있습니다, 폐하.

맥베스 어디요?

레녹스 여기입니다, 폐하. 무엇 때문에 놀라십니까?

맥베스 경들 중 누가 이것을 한 거요?

귀족들 폐하, 무슨 말씀이신지요?

맥베스 너는 내가 그 짓을 했다고 말할 수 없어. 그 피투성이
머리채를 내게 흔들지 마.

로스 여러분들 일어나시지요. 폐하의 상태가 좋지 않습니다.

맥베스 부인 친애하는 여러분 앉으십시오. 폐하께서 종종 저러십니다.
젊어서부터 그러셨어요. 부디 자리에 앉으세요.
발작은 곧 지나갑니다. 잠깐이면 다시
괜찮아지십니다. 폐하를 너무 많이 쳐다보시면
폐하께서 언짢아하시고 발작은 더 길어질 겁니다.
식사들 하시고 폐하는 괘념치 마십시오. (맥베스에게) 당신

이 장부에요?

맥베스 아무렴, 용감한 장부요. 악마도 무서워 할
저런 것을 감히 쳐다 볼 줄 알잖소.

맥베스 부인 오, 순 엉터리예요.
그것은 그저 당신의 두려움이 그려 놓은 그림이에요.
당신이 말했듯 당신을 던컨으로 안내해 준
허공에 있는 단검이에요. 오, 격한 감정과 놀람은
진짜 두려움의 그럴듯한 가식들로 겨울 화롯가에서
아낙들이 할머니한테서 들었다며 떠들어 대는 얘기에나
어울릴 법하지요. 정말 수치스럽군요.
왜 그런 얼굴을 하고 계세요? 다 지나가면
당신이 그저 의자만 쳐다봤다는 걸 알 겁니다.

맥베스 부탁이니, 저길 좀 보시오.
좀 쳐다봐요, 보라고요, 자, 어찌 생각하오?
(유령에게) 아니, 내가 신경 쓸 게 뭐야? 고개를 끄덕일 수
있다면 말도 좀 해 봐라.
납골당과 우리의 무덤이 우리가 묻은 것을
다시 돌려보낸다면 솔개들의 위가
우리의 무덤이 되겠구나. (유령 사라진다.)

맥베스 부인 뭐라고요? 장부답지 못하게 참 어리석게 구시니.

맥베스 내가 여기 서 있는 것처럼 확실히 그를 봤소.

맥베스 부인 어휴, 창피합니다.

맥베스 인간다운 법이 사회를 정화시켜 질서 있는 나라를 만들기 전,
지금 이전인 옛날에도 피는 흘려졌소.
그리고 또 이후에도 귀에 담기도 끔찍한 살인들이
저질러졌소. 골통을 내리쳐 의식이 나가면
사람은 죽었고 그것으로 끝이었던
시절도 있었소. 허나 지금은 두상에 스무 군데
치명상을 입고도 다시 일어나서
의자에서 우리를 밀쳐 내고 있소. 그런 살인보다
이것이 더 이상하오.

맥베스 부인 존경하는 국왕이시여
귀빈들이 당신을 찾고 있습니다.

맥베스 잊고 있었소.
존경하는 여러분 저를 너무 신기하게 여기지 마십시오.
저에게 이상한 병이 하나 있는데 저를 아는 분들에게는
별일 아닙니다. 자, 모두에게 사랑과 건강을 빕니다.
그럼 저도 좀 앉겠소. 와인을 가득 따라 주시오.

유령 다시 등장

여기에 계신 여러분 모두의 기쁨을 위하여, 또한 우리와

함께 하진 않았으나 참석했으면 좋았을, 과인의
친애하는 벗 뱅쿼를 위하여 축배를 들겠소. 과인을 비롯하
여 모두가
그리워하는 뱅쿼를 위해, 모두가 모두를 위하여.

귀족들 우리의 임무와 충성을 위하여.

맥베스 물러가라, 내 눈앞에서 사라져! 넌 땅속에 있어야 해.
너의 뼈는 골수도 없고 너의 피는 식었고,
부릅뜨고 노려보고 있는 네 눈 역시
시력은 사라지고 없어.

맥베스 부인 귀빈 여러분, 이것을 그저
일종의 습관이라 여겨 주십시오. 아무것도 아닌데
이것이 괜히 기분 좋은 저녁만 망쳐 버렸군요.

맥베스 사내가 할 수 있는 일이면 나도 감히 할 수 있다.
털북숭이 러시아 곰처럼 다가와 봐라,
굳게 무장한 코뿔소나 히르카니아의 호랑이,
혹은 그 외에 어떤 모습이라도 내 강심장은
결코 떨지 않을 테니. 아니면 되살아나서
칼을 들고 외딴 곳에서 결투를 신청할 테면 해라.
내가 두려움에 떨어 집을 나서지 않거든 나를
여자애라고 널리 소문내라. 물러가라, 섬뜩한 그림자야,
허깨비야, 물러가! (유령 사라진다.)

아니 왜 이러지? 놈이 사라지니
내가 다시 장부다워지니. (귀족들에게)자리에 앉으시지요.

맥베스 부인 당신이 흥을 깨 버렸고 몹시 놀란 소동으로
좋은 연회를 망쳐 버렸어요.

맥베스 그런 것들이 실제로 존재하여
여름날의 구름처럼 과인을 덮쳐 오는데
과인이 어찌 크게 놀라지 않겠소? 당신들 때문에
내 기질마저 내게 이상하게 느껴질 정도요.
내 볼은 공포로 새하얗게 질렸는데 그런 것을
목격하고도 여러분은 그 볼의 타고난 혈색을
유지할 수 있으니 말이오.

로스 무슨 광경입니까, 폐하?

맥베스 부인 폐하가 점점 심해지니 말씀을 걸지 않으셨으면 합니다.
질문하시면 상태가 더 악화됩니다. 이제 인사를 하시지요.
서열 순서대로 나가는 것에 개의치 마시고
즉시 떠나 주십시오.

레녹스 안녕히 주무십시오. 폐하의 건강이
회복되길 빕니다.

맥베스 부인 모두들 조심히 돌아가십시오. (귀족들과 수행원들 퇴장)

맥베스 그건 피를 부를 거라고들 하지. 피는 피를 부른다고.
돌들이 움직이고 나무들이 말을 한다고들 하더군.

점괘와 이를 통해 파악된 사건들의 관계가 까치와
붉은부리까마귀, 떼까마귀를 통해 가장 깊이 숨어있는
살인자들도 밝혀냈었소. 밤은 얼마나 깊었소?

맥베스 부인 거의 아침과 겨루는 양상인데, 그게 그겁니다.

맥베스 과인이 긴히 소환했음에도 맥더프가 참석하지 않았는데
어떻게 생각하시오?

맥베스 부인 그에게 사람을 보내셨어요, 폐하?

맥베스 그건 우연히 들었으나 사람을 보낼 작정이오.
내가 그의 집안에 매수해 놓지 않은
하인은 하나도 없소. 나는 내일
일찍 운명의 자매들을 찾아갈 계획이오.
더 많은 걸 말하게 할 참이오. 이젠 최악의 수단으로
최악을 알고자 작심했으니까. 내 자신의 이익을
위해서라면 모든 명분은 뒷전이오. 핏속으로
너무 깊이 들어가서 더 나아가지 않고
되돌아가는 것은 건너가는 것만큼이나 힘들게 되었소.
실행해야 할 이상한 것들이 머릿속에 있는데
검토하지 않고 필히 먼저 실행해 버릴 작정이오.

맥베스 부인 모든 생명체를 보존하는 잠이 부족한 거예요.

맥베스 자, 가서 잠자리에 듭시다. 내 이상한 자기 착란은
초보자의 공포로, 자주 사용되지 않아 단련되지 않았소.

과인은 아직 행동에 있어 어린 철부지요. (퇴장)

3막 5장

황야

천둥. 세 마녀가 등장하여 헤카테를 맞이한다.

마녀1 아니, 헤카테 어째서 그러세요? 화가 난 것 같군요.

헤카테 왜 안 그러겠어? 너희 마녀들이 그렇게
건방지고 방자한데. 어찌 감히 너희들이
죽음에 관한 수수께끼와 문제를 가지고 맥베스와
내통하여 거래를 할 수 있단 말이냐?
내가 바로 너희들이 쓰는 주술의 주인이자
모든 해악을 만드는 비밀스런 장본인인데,
내게는 내 역할을 해 보이거나
내 재주를 선보일 영광도 주지 않고 말이다.
게다가, 더 나쁜 건, 너희들이 한 짓이라곤
그저 악하고 성질만 부리는 옹고집쟁이만을

위한 거였다는 거야. 그놈 역시 다른 놈들처럼
너희들이 아니라 자기 목적만 끔찍이도 위하거든.
그러나 이제라도 만회를 해야지. 이제 가 보고
지옥의 아케론 강 구덩이에서
아침에 만나자꾸나. 놈이 자신의 운명을
알아내려고 그쪽으로 올 테니까.
너희들의 도구와 주문들
그리고 주술과 그 밖의 모든 걸 준비해 둬.
난 대기 속으로 날아가서 오늘밤 불길하고
치명적인 일에 골몰할 계획이다.
정오가 되기 전에 큰일을 처리해야 하니까.
달의 한 모퉁이에는
몹시 신령스러운 증기 방울이 걸려 있는데
그것이 땅에 떨어지기 전에 받아 와서
그것을 교묘한 마술로 증류해 내면 그것은
감쪽같은 혼령들을 만들어 낼 거고
바로 그것들의 환영의 힘을 통해
놈을 대파멸로 몰고 갈 거다.
그놈은 자신의 숙명을 멸시하고, 죽음을 경멸하고,
지혜, 은총, 공포를 넘어선 희망을 품게 되겠지.
너희도 알다시피, 지나친 자신감은

인간들의 최대 적이거든. (음악과 노래가 들린다.)
쉿, 나를 찾나 본데. 보다시피 내 작은 정령이
안개구름 속에 앉아서 나를 기다리고 있구나. (퇴장)
(안에서 노래한다.) '어서 가자, 어서 가자, 기타 등등.'

마녀1 자, 서두르자, 금방 돌아오실 테니까. (퇴장)

3막 6장
스코틀랜드의 어떤 장소

레녹스와 다른 귀족 등장.

레녹스 제가 말씀드렸던 것들이 당신의 생각과 꼭 일치하는데
더 많은 해석의 여지가 있긴 합니다. 다만 상황들이
이상하게 벌어졌다고 할 수 있소. 그 인자하신 던컨 왕께서
맥베스에게서 동정을 받으시다니, 맙소사, 돌아가셨다지만.
또 용감무쌍한 뱅쿼는 너무 밤늦게 다닌 거지요.
뭐, 실례가 안 된다면, 플리언스가 제 아비를 죽였다고도
할 수 있지요,
플리언스가 도망갔으니까. 이제 다들 너무 늦게 다니면
안 되겠어요.
맬컴과 도널베인이 그들의 인자하신 부친을
살해한 것이 얼마나 짐승만도 못한 짓인지를 누군들

생각하지 않겠어요? 그 저주 받을 범행에
어찌나 맥베스가 애통해 했던지! 그가 충성심에서
분노하여 술의 노예이자 잠의 종이 되어 버린
두 범인들을 바로 처치해 버리지 않았습니까?
그거 참 고귀한 일 아니오? 아무렴 현명하기도 하고요.
그놈들이 범행을 부인하는 걸 들으면 살아 있는
누구라도 분개했을 테니까요. 그래서 제 말인 즉,
그분은 일들을 매우 잘 처리했다는 겁니다, 또 혹시
던컨의 아들들마저 수중에 넣게 된다면,
오, 하늘이여, 제발 그런 일이 없기를, 그들은 아버지를
죽인 게 어떤 건지를 알게 될 거란 생각이 듭니다. 플리언
스도 그럴 테고요.
하지만 침묵해야죠. 거침없이 말을 하고 폭군의 축연에
참석하지 않은 이유로 맥더프가 왕의 눈 밖에
났다고 들었습니다. 혹시 그가 어디에 있는지
말씀해 주실 수 있겠습니까?

귀족 던컨의 아들은
이 폭군에게 그의 혈통의 정당한 권리를 빼앗기고
잉글랜드의 궁정에 거주하는데 신심이 두터운 에드워드
왕으로부터 극진히 은혜로운 대접을 받고 있으니,
사악한 운명의 손아귀라도 그분의 드높은 존엄을

결코 앗아가진 못했습니다. 맥더프가 그쪽으로
갔습니다. 그 성스러운 왕에게 간청하여 그분의 도움으로
노섬벌랜드와 전투에 능한 시워드를 일깨우고
또 이들의 도움을 받아 위에 계신 하나님으로부터
이 과업의 승인을 받아서 우리의 잔치와
향연에서 피비린 칼을 치우고, 우리들의 식탁에
고기를 올리고, 밤에는 잠을 잘 수 있도록 하기 위해서,
충실한 공경을 올리고 또한 무한한 명예를 받기 위함인데,
이 모든 것이 현재 우리 모두가 갈망하는 바요. 이 보고가
그쪽의 왕을 너무 격분시킨 나머지 그는
일종의 전쟁 준비를 하고 있다 합니다.

레녹스 그가 맥더프에게 사람을 보냈던 겁니까?

귀족 그렇소. 일언지하에 "이보게, 난 가지 않소."라 하니
쌔무룩한 그 전령은 돌아서서 '흥' 했다는데,
마치 "이러한 대답으로 내 일에 지장을 주었던
때를 후회하게 될 거야."라고 말하는 것처럼 말이오.

레녹스 맥더프에게 경고 한 번 제대로
준 셈이군요. 그의 지혜가 닿는 데까지 맥베스로부터
가능한 한 멀리 떨어지라고 말이요. 어떤 성스러운 천사가
잉글랜드의 궁정으로 날아가 그가 당도하기 전에
그의 전언을 펼쳐 보여서 저주 받은 손아귀 아래서

시름하는 우리나라에 축복이 어서 빨리
돌아왔으면 좋겠소!

귀족 나도 그에게 기도를 올리겠소.

(퇴장)

4막 1장

어두운 동굴. 중앙에 가마솥이 끓고 있다

천둥. 세 명의 마녀 등장.

마녀1 세 번, 얼룩 고양이가 울었어.

마녀2 세 번 그리고 또 한 번, 고슴도치가 칭얼댔어.

마녀3 "때가 됐어, 때가 됐어."라고 하피어는 외쳤어.

마녀1 가마솥 주위를 돌아라.
독이 든 창자를 넣어라.
두꺼비, 차가운 돌 아래서
삼십일 일 동안 밤낮으로 자면서
독을 만들어 내뿜은 놈,
맨 먼저 주술 걸린 솥에서 끓어라.

모두 고생과 고난을 두 배로, 두 배로.
불길은 훨훨, 가마솥은 펄펄.

마녀2 늪지대 뱀의 토막들을
솥에서 끓이고 구워라.
도롱뇽 눈, 개구리 발가락
박쥐의 잔털, 개 혓바닥
살무사의 갈라진 혀, 발 없는 도마뱀의 침
도마뱀의 다리, 새끼 올빼미의 날개,
강력한 고난을 만드는 주술,
지옥의 죽처럼 끓어라, 펄펄.

모두 고생과 고난을 두 배로, 두 배로.
불길은 훨훨, 가마솥은 펄펄.

마녀3 용의 비늘, 늑대 이빨
마녀의 미라, 짜디짠 바닷물
포식한 상어의 위장과 식도
어둠 속에서 캔 독미나리 뿌리
불경스런 유대인의 간
염소 쓸개, 월식 때 자른
주목나무의 가지
터키인의 코, 타르타르인의 입술
창녀가 도랑에 낳고 목 졸라
죽여 버린 아기 손가락
죽을 걸고 걸쭉하게 만들라.

우리 가마솥의 재료로,
호랑이 창자도 더하라.

모두 고생과 고난을 두 배로, 두 배로.
불길은 훨훨, 가마솥은 펄펄.

마녀2 비비 원숭이 핏물로 식히면
주술 효험은 확실히 좋다네.

헤카테와 다른 세 마녀 등장

헤카테 오, 잘했구나. 너희들의 고생을 치하하마.
모두가 이익을 나눠 가질 거야.
이제 가마솥 주위를 돌며 노래하자.
인도깨비와 날개 요정들처럼 둥글게 돌며
너희들이 집어넣은 모든 것에 주문을 걸자.
(음악과 함께 "검은 악령이여" 기타 등등의 노래가 들린다.)
(헤카테와 세 명의 다른 마녀들 퇴장)

마녀2 엄지손가락이 따끔거리는 걸 보아하니
사악한 놈이 이쪽으로 온 게야. (노크)
누가 노크하건 자물쇠야 열려라.

맥베스 등장

맥베스 너희 비밀스런, 시커먼 한밤의 마녀들 어쩐 일이냐?
하고 있는 게 대체 무엇이냐?

모두 이름이 없는 일.

맥베스 너희들이 잘 안다고 자처하는 것에 걸고 엄숙히 간청하니
어떻게 알아내든 간에 내게 답을 하라.
너희들이 바람을 풀어서 교회와 맞서
싸우게 만들지라도, 거품이 이는 파도가
선박들을 전복시켜서 삼켜 버릴지라도
잎이 난 옥수수가 거꾸러지고 나무들이 쓰러져도
성곽들이 파수병 머리 위로 무너져 내려도
궁전들과 피라미드들이 기반을 향해
머리를 숙인다 해도, 자연의 씨앗의
창고가 완전히 붕괴하여서 종국에
파괴가 포만에 이르더라도 내가 너희들에게
묻는 것에 답하라.

마녀1 말해봐.

마녀2 물어봐.

마녀3 우리가 대답할게.

마녀1 말해봐, 우리의 입으로 말해 줄까,

아니면 우리 주인인 혼령들로부터 듣고 싶어?

맥베스 그들을 불러 봐, 내가 좀 봐야겠다.

마녀1 자기 새끼 아홉 마리를 삼켜 버린
암퇘지의 피를 붓고 살인자의 교수대에서
흘러나온 기름 덩어리를 불길 속에
던져라.

모두 위에서, 아래서 나와서
네 자신과 임무를 재주껏 보여 줘라. (천둥소리)

천둥. 첫 번째 혼령인 투구를 쓴 머리 등장

맥베스 너 정체 모를 힘이여, 말해 봐라.

마녀1 그는 네 생각을 알고 있어.
듣기만 하고 아무 말도 하지 마.

혼령1 맥베스, 맥베스, 맥베스, 맥더프를 조심하라,
파이프의 영주를 조심하라, 나를 보내 줘. 다 끝났어.

(그가 내려간다.)

맥베스 네가 무엇이건 간에 너의 좋은 경고 고맙다.
내 두려움을 제대로 읽었어. 하지만 한 마디만 더 —

마녀1 그에게 명령할 수 없어. 자 그 다음이 온다.
첫 번째보다 더욱 강력하지. (천둥소리)

천둥. 두 번째 혼령인 피 묻은 아이 등장

혼령2 맥베스, 맥베스, 맥베스.

맥베스 귀가 셋이라도 네 말을 들어주마.

혼령2 피에 굶주려라, 과감해지고 확고해져라. 인간의 힘을
경멸하라, 여자 몸에서 태어난 어떤 인간도
맥베스에게 해를 끼치지 못할 것이니. (내려간다.)

맥베스 자, 맥더프여 살아 있어라. 내가 왜 널 두려워하겠느냐?
허나 확신을 두 배로 확실히 해서
운명의 보증을 받아야겠으니 너를 살려 두지 않겠다.
그러면 난 하얗게 질린 공포란 놈에게 거짓말 그만하라고
호통도 치고,
천둥이 쳐도 잠을 잘 수 있지 않겠느냐. (천둥소리)

천둥. 세 번째 혼령인 왕관을 쓴 어린이가 손에 나무를 들고 등장한다.

이건 무엇이냐?
왕의 후손처럼 서 있는데
그의 어린 이마에 주권의 최고인 둥근 표상을
쓰고 있는 저것은?

모두 듣기만 하고 말은 걸지 마.

혼령3 사자처럼 굴며, 자만을 떨고, 누가 화를 내건
누가 초조해 하건, 어디에서 역모가 있건, 신경 쓰지 말라.
맥베스는 결코 정복되지 않을 테니, 저 큰
버넘 숲이 높은 던시네인 언덕까지 다가와서 네게
대항하지만 않는다면. (내려간다.)

맥베스 절대 그럴 리는 없겠지.
누가 숲을 징집하며, 나무더러 땅속에 박힌 뿌리를
뽑으라고 명할 수 있단 말이냐? 달콤한 전조다, 좋아.
죽은 역적아, 버넘 숲이 일어설 때까지는 절대
일어나지 말거라. 그러면 높은 자리에 앉은 맥베스는
자연이 부여한 수명대로 살고 때가 되면 숨을 거두고
숙명을 맞이할 거다. 하지만 하나만 더 알고 싶어서
내 심장이 요동친다. 말해 봐라, 만일 네가
그렇게 많은 걸 말할 수 있다면, 뱅쿼의 자식이
앞으로 영원히 이 왕국에서 통치하는 것이냐?

모두 더 알려고 하지 마.

맥베스 꼭 알아야겠다. 이걸 말하지 않으면
너희들은 영원히 저주 받을 것이다. 알려 달라.
저 솥은 왜 내려가고 이건 또 무슨 소리냐?

(오보에 소리)

마녀1 보여 줘라.

마녀2 보여 줘라.

마녀3 보여 줘라.

모두 그의 눈에 보여 주고 그의 마음을 괴롭혀라.
그림자처럼 왔다가 또 그렇게 떠나라.

여덟 명의 왕이 나타나는데 마지막은 손에 거울을 들고 있으며
그 뒤를 뱅쿼가 따른다.

맥베스 너는 뱅쿼의 혼과 너무 닮았으니, 내려가라.
네 왕관 때문에 내 눈알이 타는 것 같다. 네 머리칼이며,
금관을 쓴 또 다른 이마도 첫 번째와 같구나.
세 번째는 그 앞과 같고. 더러운 마녀들아,
왜 이런 걸 보여 주느냐? 네 번째는? 눈알이 튀어 나온다!
아니, 이 줄이 최후 심판의 천둥이 울릴 때까지 뻗은 건가?
또 하나 더? 일곱 번째? 더는 보고 싶지 않다.
헌데 또 여덟 번째가 나타나선 내게 더 많은 걸
보여 주는 거울을 들고 있다니. 어떤 놈은
두 개의 보주와 세 개의 왕홀을 들고 있고.
끔찍한 광경이군. 이제야 그것이 진실임을 알겠군.
피가 엉겨 붙은 뱅쿼가 나를 보며 미소 짓고
저들이 그의 자손이라고 가리키는 거로구나.

(왕들과 뱅쿼 퇴장)

아니? 이렇게 되는 것이었나?

마녀1 아무렴요, 장군님, 이 모든 것이 그대로요. 하지만
맥베스가 왜 이렇게 놀라 서 있는 거야?
자, 자매들, 우리 기운을 북돋아 주고
우리들의 최고의 즐거움을 보여 주자.
난 공기에 주술을 걸어 음악을 줄 테니,
너희들은 고대의 원형 춤을 춰라,
위대한 왕의 입에서 우리가 예우를 갖춰
그분을 맞이했다는 다정한 말이 나올 수 있도록 말이다.

(음악 소리. 마녀들이 춤추다가 사라진다.)

맥베스 이것들이 어디로 갔지? 사라졌나? 이 사악한
시간은 달력에 저주 받은 것으로 기록되리라.
밖에 있으면 안으로 들라.

레녹스 등장

레녹스 폐하, 부르셨습니까?

맥베스 운명의 자매들을 보았소?

레녹스 아닙니다, 폐하.

맥베스 그대 옆으로 지나가지 않았소?

레녹스 실로 아니옵니다, 폐하.

맥베스 그것들이 타고 간 공기는 모두 전염되고
그것들을 믿는 모든 인간들은 저주나 받아라.
말발굽 소리가 들렸는데 누가 온 것이오?

레녹스 네, 폐하. 두세 명이 왔는데 맥더프가
잉글랜드로 도망갔다는 소식을 가져 왔습니다.

맥베스 잉글랜드로 도망을 쳐?

레녹스 네, 폐하.

맥베스 시간이여, 내 무서운 계략을 알고 선수 쳤구나.
목적은 늘 잽싸게 도망치니 행동이 즉시 따르지 않으면
결코 따라잡히지 않는 법. 이 순간부터
마음속에서 갓 생겨난 것들은 곧장
손으로 옮겨야지. 당장 지금이라도
생각에 행동의 왕관을 씌우려면 생각나는 즉시 실행하자.
맥더프의 성을 기습해서
영지를 장악하고 그놈의 처자식들과
혈통이 같은 모든 불행한 인간들은 칼로
처치해야지. 바보 같은 장담은 금물이니
이 목적이 식기 전에 일을 처리해야 해.
더 이상 볼 필요도 없어.[18] 그들은 어디에 있소?

---

18) 조금 전에 운명의 자매들을 통해 본 혼령들을 언급한다.

자, 그들이 있는 곳으로 안내하시오.　　(퇴장)

4막 2장

파이프. 맥더프 성의 어느 방

맥더프의 아내와 그의 아들 및 로스 등장.

부인 그이가 무슨 일을 저질렀기에 이 나라에서 도망쳤나요?

로스 부인, 진정하십시오.

부인 그이야말로 그러질 못했지요.
도주는 미친 짓입니다. 우리의 행동이 아니더라도
우리의 두려움 때문에 반역자로 몰릴 수도 있어요.

로스 그래도 부인께선 그것이
지혜인지, 두려움 때문인지는 모르실 겁니다.

부인 지혜라고요? 자신의 아내도 버리고, 자식도 버리고
자신의 저택과 작위도 남겨 두고
자기 몸만 몰래 빠져나갔는데요? 그이는 우릴 사랑하지 않아요.

그는 인정이 메말랐어요. 몸집이 가장 작은
가련한 굴뚝새도 둥지 안에 자기 새끼가
있으면 올빼미에 맞서 싸우는 법입니다.
두려움이 전부이고 사랑은 아무것도 아니군요.
모든 이치에 어긋나게 도주를 한 경우라면
지혜도 별 의미가 없습니다.

로스 친애하는 부인,
부디 진정하십시오. 부군으로 말씀드리자면
그는 고귀하고, 현명하고, 분별 있고, 발작이 난 현 시국을
가장 잘 알고 있습니다. 더는 감히 말씀드리지 못합니다.
허나 우리가 역적인데도 정작 우리가 그걸 모를 정도로
험한 때입니다. 우리의 두려움에서 비롯된 소문을
믿어버리면 우리가 뭘 두려워하는지도 모른 채
거침없고 격렬한 바다에서 여기 저기 떠다니며
표류할 뿐입니다. 이제 그만 가 봐야합니다.
머지않아 다시 찾아오겠습니다.
상황이 최악의 상태라면 멈출 것이고 혹은 더 치닫게 되면
그전 상황으로 돌아가겠지요. — 어여쁜 조카야,
네게 축복을 빈다.

부인 아비가 낳은 자식인데 이제 이 아인 아비가 없군요.

로스 제가 참 어리석군요. 더 머물게 되면

제게는 불명예이고 부인께는 폐가 되오니 즉시 가 보겠습니다. (퇴장)

부인 아들아, 네 아빈 죽었다. 이제 넌 뭘 할 거냐? 어떻게 살 거냐 말이다?

아들 새처럼 살 거예요, 어머님.

부인 뭐, 벌레와 파리를 먹으며?

아들 제가 잡게 되는 것은 무엇이나요. 그들도 그렇게 하잖아요.

부인 불쌍한 새야, 너는 덫이나 새 끈끈이나 구덩이 함정이나 그물을 무서워해야 하는 것도 전혀 모를 텐데 말이다.

아들 어머니, 제가 왜 무서워하겠어요? 그것들은 불쌍한 새들을 위해 놓인 게 아니에요. 어머니가 뭐라 하셔도 아버지는 죽지 않았어요.

부인 아니, 네 아버진 돌아가셨다. 아버지 없이 어찌 살 거니?

아들 아니, 어머니는 남편 없이 어떻게 살 거예요?

부인 뭐, 장에서 스무 명이라도 사 오면 된다.

아들 그럼, 그저 되팔기 위해 사시는 겁니다.

부인 온갖 기지를 발휘해서 말하는구나. 허나, 실로, 어린 너에게는 성숙한 기지다.

아들 어머니, 아버지가 역적이셨어요?

부인 글쎄, 그렇다고 할 수 있지.

아들 역적이 무슨 뜻이에요?

부인 뭐, 맹세를 하고 거짓말을 한 사람이랄까.

아들 그럼 그렇게 하면 모두 역적인가요?

부인 그렇게 한 모든 자는 역적이고 교수형에 처해져야 한단다.

아들 맹세를 하고 거짓을 말한 자는 모두 교수형에 처해져요?

부인 모두 다.

아들 누가 그들을 처형하는 거예요?

부인 글쎄, 정직한 사람들이.

아들 그럼 거짓말을 한 사람들과 맹세를 한 사람들은 바보들이에요. 왜냐면 거짓말쟁이와 맹세를 했던 사람들은 정직한 사람들을 이겨서 그들을 처형할 수 있을 정도로 충분히 많으니까요.

부인 어머, 불쌍한 내 원숭이, 하나님이 보호해 주시길. 하지만 아버지 없이 어떻게 살 거니?

아들 만일 아버지가 돌아가셨으면 어머님께서는 우셨을 거예요. 울지 않는다면 제게 새 아버지가 금방 생길 것이라는 좋은 징조이고요.

부인 불쌍한 수다쟁이, 말을 어지간히 잘 하는구나.

전령 등장

전령 부인께 신의 가호를 빕니다. 부인께선 저를 모르시겠지만
저는 지체 높으신 부인을 잘 알고 있습니다.
어떤 위험이 부인께 근접한 것 같아 심히 두렵습니다.
만일 미천한 소인의 충고를 받아들이신다면
이곳을 떠나십시오. 어린 자식들과 당장 말입니다.
이렇게 부인을 놀라게 한 것은 야만적인 줄 압니다만
더 몹쓸 짓을 저지르는 것이 지독스런 잔인함이며
그것이 부인 목전에 와 있습니다. 하늘의 가호가 있기를.
더는 감히 지체할 수 없습니다. (전령 퇴장)

부인 어디로 도망을 가야 하나?
난 잘못한 게 없는데. 하지만 지금 생각해보니
난 속세에 살고 있구나. 이곳에선 해를 끼치는 게
종종 칭송받고 선한 일을 행하는 게 때로
위험한 어리석음으로 여겨지지. 아니, 그럼, 맙소사,
잘못을 저지른 게 없다면서
아녀자 같은 구실을 늘어놓은들 무슨 소용이란 말이냐?

자객들 등장

저 얼굴들은 뭐란 말인가?

자객1 네 남편 어디 있어?

부인 네놈들이 그분을 찾을 만큼 불경스러운 곳에는
있지 않기를 바랄 뿐이다.

자객1 그는 역적이다.

아들 이 털북숭이 악당아, 거짓말 하지 마.

자객1 아니, 이놈의 애송이가!
역적 놈의 어린 새끼 같으니! (그를 찌른다.)

아들 어머니, 이자가 날 죽여요.
부탁이니, 어서 달아나세요. (죽는다.)

('살인이야' 외치면서 부인 퇴장하고 자객들이 쫓아간다.)

4막 3장
잉글랜드. 왕궁의 어느 방

맬컴과 맥더프 등장.

맬컴 어느 적막한 그늘을 찾아가 비통한 마음이
후련해지도록 실컷 울어 봅시다.

맥더프 그보다는 이 무서운
검을 단단히 쥐고 훌륭한 장부답게 무너져 내린
고국을 살리고자 굳건히 버티겠습니다. 매일 새 아침이면
새 과부가 울부짖고, 새 고아들이 울고, 새 슬픔들이
하늘의 따귀를 때리니 하늘도 스코틀랜드와 함께
느껴서 똑같은 통곡의 소리를 내는 것인 양
소리가 되울려 퍼지고 있습니다.

맬컴 내가 믿는 것들은 한탄할 것이고
내가 아는 것들은 믿을 것이오. 시정할 수 있는 거라면

알맞은 시기를 찾을 때 시정할 계획이오.
당신이 말한 것들은 어쩌면 사실일 것이오.
이름만 말해도 혀에 물집이 생길 것 같은 이 폭군은
한때 정직하다 여겨졌소. 당신도 그를 몹시 좋아했잖소.
그자 역시 아직 당신을 해치지 않았소. 미숙하지만 나를
잘 이용하면 놈의 환심을 살 수 있을 거요. 성난 신을
달래기 위해 연약하고 불쌍한, 순진한 어린 양을
바치는 것이 지혜롭긴 할 테니까요.

맥더프 저는 반역을 하지 않습니다.

맬컴 하지만, 맥베스는 그렇소.
훌륭하고 덕이 높은 천성이라도 제왕의 명령 앞에선
무너져 내리지요. 하지만 그대의 용서를 구하겠소.
내 생각이 당신의 진면목을 바꿀 수는 없으니 말이오.
가장 밝은 천사가 타락해도 천사들은 여전히 밝지요.
모든 고약한 것들이 미덕의 이마를 내보일지라도
미덕은 여전히 그대로 보이는 법이오.

맥더프 저는 이제 희망을 잃은 것 같습니다.

맬컴 아마 그 때문에 내가 의심을 했던 것 같소.
왜 그런 무방비 상태에 아내와 자식을 남겨 두었소?
아끼고 싶은 그 소중한 존재를, 그 끈끈한 사랑의 매듭을

작별 인사도 없이 말이오? 이해하시오,
내 의심은 당신의 명예를 비방해서가 아니라
내 자신의 안전 때문이라는 것을. 내 생각이 어떤들
당신은 확실히 의로울지도 모르지요.

맥더프 불쌍한 조국이여, 피 흘려라, 피를.
위대한 폭군이여, 굳건한 기반을 세워라,
선한 군주는 네놈을 감히 억제할 수 없으니. 그 찬탈한 권리도 누려라,
그 권리가 이제 인정되었으니. 부디 잘 지내십시오, 전하.
이 폭군의 손아귀에 있는 전 영토뿐 아니라
풍요로운 동방을 다 준다 해도
전하가 생각하시는 그런 악당 놈은 되지 않을 겁니다.

맬컴 언짢게 여기지 마시오.
그대를 전적으로 불신하여서 그랬던 것은 아니오.
나라가 압제에 시달리고 있는 걸 알고 있소.
울고, 피 흘리고, 매일 날이 밝으면 깊은 상처가
더해지고 있소. 덧붙여, 내 권리를 위해
일어설 사람들이 있다는 것 또한 알고 있으며
여기 은혜로운 잉글랜드 국왕으로부터 훌륭한 병사
수천 명을 약속 받았소. 하지만 이 모두에도 불구하고
과인이 폭군의 머리를 짓밟거나 혹은

그 머리를 내 칼에 바치더라도 내 불쌍한 조국은
여전히 그전보다 악한 일들을 더 많이 겪을 것이고
훨씬 더 많은 방식으로 전보다 더욱 고통 받게 될 거요,
그 다음을 계승하는 자로 인해.

맥더프 그자가 누구이옵니까?

맬컴 바로 나를 두고 한 말이오. 내 안에는
모든 갖가지 사악함이 심어져 있어서
이것들이 싹터서 나오게 되면 시커먼 맥베스라도
눈처럼 하얗게 보일 것이고 불쌍한 백성들도
내가 저지르는 끝없는 만행과 비교를 하면
그를 어린 양처럼 여길 것이오.

맥더프 수없이 많은
지옥의 악마 떼거리 중에서도 맥베스보다
사악하여 더 많이 저주 받은 놈은 없을 것입니다.

맬컴 나도 그가 잔인하고
색을 밝히고, 탐욕스럽고, 거짓되고, 기만적이고
성급하고, 사악하고, 이름을 댈 수 있는 모든 죄의
냄새를 풍기고 있음을 인정하오. 하지만 내 욕정은
끝을 전혀 모르오. 그대들의 아내들이나 딸들이나
그대들의 귀부인들이나 처녀들이라도 내 욕정의 욕조를
다 채우지 못할 것이오. 내 욕망은

내 뜻에 반하는 모든 방해 요소들을
짓밟아 버릴 것이오. 이런 인간보다야
차라리 맥베스가 통치하는 게 낫소.

맥더프 본성에 있어서
절제를 모르고 방탕한 것이 폭정입니다. 그 때문에
바로 행복한 옥좌들이 때가 되기 전에 비워졌고
수많은 왕들이 몰락했습니다. 하지만 전하의 것을
직접 취하는 것을 두려워 마십시오. 은밀하게
욕정을 충분히 즐기셨어도 겉으론 순결하게
보일 수 있으니까요. 세상을 눈속임하시면 됩니다.
응하려는 여인들은 충분히 있습니다. 전하 안에는
전하의 성향이 그렇다는 걸 알고
위대한 군주를 위해 몸을 바치려는 여자들을 모두
게걸스레 삼킬 만한 독수리는 있지 않습니다.

맬컴 이뿐 아니라
몹시도 비뚤어진 나의 기질 속에는 도저히
막을 수 없는 탐욕이 자라고 있어 내가 왕이 되면
영토를 빼앗기 위해 귀족들을 모두 내쳐 버리고
이자에게선 보석을, 저자에게선 집을 탐하여서
더 많이 갖게 되면 이것이 또 양념이 되어
더 배고프게 할 것이오. 훌륭하고 충성스러운

귀족들을 상대로 부당한 불화를 일으켜서
재산을 빼앗고 그들을 모조리 없애 버릴 것이오.

맥더프 이러한 탐욕은
더 깊이 파고들어 여름처럼 들끓는 욕정보다
더 지독한 뿌리로 자라는 법이며 국왕들을 베었던
칼이라 할 만 합니다. 그래도 두려워 마십시오.
스코틀랜드에는 응당 전하의 것을 차지하려는 욕망을
다 채워 줄 재원이 있습니다. 다른 덕들이 균형을 맞추니
이 모든 것들은 견딜 만합니다.

맬컴 허나 난 가진 게 전혀 없소. 왕에 어울릴 법한 덕성들,
이를테면, 정의, 진실, 절제, 안정감,
넓은 아량, 끈기, 자비, 겸손,
경건함, 인내심, 용기, 강직함 등
이런 것들에 대한 기미는 전혀 없고, 다만 온갖
각각의 죄에서 갈라져 나온 잔가지들로 꽉 차 있어
갖가지 죄를 저지르고 있소. 아니, 권력만 쥐게 되면,
화합이라는 달콤한 젖은 지옥에 쏟아 버리고
세상의 평화를 대혼란으로 몰아넣고 지상의 모든
조화를 파괴할 것이오.

맥더프 오, 스코틀랜드여, 스코틀랜드여.

맬컴 이러한 작자가 통치하기 적합한지를 말해 보시오.

나는 이렇게 말한 그대로요.

맥더프 통치하기에 적합하냐고요?
아니, 살아서도 안 되지요. 오, 비참한 조국이여!
피 묻은 왕홀을 쥔 적법치 않은 폭군이 있는가 하면
네 옥좌의 진정한 후계자는
스스로 내린 금지명령으로 저주를 받은 채
자신의 혈통이나 모독하고 있으니
너는 언제 다시 건승한 날을 볼 것이냐? 전하의 부친은
최고로 성자다운 왕이셨습니다. 전하를 낳으신 왕비께서는
서 계실 때보다 무릎 꿇고 기도할 때가 더 많았고
매일을 죽음으로써 사셨습니다. 안녕히 계십시오.
전하께서 스스로 지녔다고 말씀하신 이런 악덕들 때문에
소인이 스코틀랜드에서 떠나온 것입니다. 오, 가슴이여,
네 희망이 여기에서 끝나는구나.

맬컴 맥더프, 그대의 이 고귀한 격분은
그 정직함에서 비롯된 것인즉, 그것이 내 영혼에서
시커먼 의심을 씻어 주었고 내 마음은 그대의
선한 진심과 명예를 믿게 되었소. 악마 같은 맥베스는
이러한 별의별 계략들로 그의 권력의 품으로 나를
끌어들이려고 애를 썼으나 진중한 지혜 덕분으로
쉽사리 속아 넘어가진 않았소. 허나 위에 계신 하나님께서

그대와 나 사이에서 증명하시는 바, 바로 지금부터
나는 그대가 이끄는 대로 따를 것이며
내 자신에 대한 비방을 철회하겠소. 여기에서
내 자신에게 쏟아 놓았던 결점과 비난들은 내 천성에는
맞지 않은 것으로 모두 취소하오. 난 아직
여자를 만난 적도 없고 결코 위증하지 않았으며
내 자신의 것마저도 거의 탐해본 적 없으며
단 한 번도 신의를 깨지 않았고 악마라도
악마에게 밀고하지 않았으며 삶 못지않게
진리에서도 기쁨을 추구했소. 내가 거짓을 말한 것은
방금 내게 이렇게 말한 것이 처음이오. 진심으로 내 자신을
그대와 불쌍한 고국에게 맡기고 그 명을 따르겠소.
실은 그곳으로, 장군이 이곳에 오기 전에,
노장 시워드가 일만의 무장한 전사를 거느리고
만반의 준비를 하여 진군하였소.
자, 같이 출정합시다. 우리 명분이 정의로운 만큼
좋은 운도 그만큼 따라 주면 좋겠소. 왜 말이 없소?

맥더프 이렇게 반가운 것과 반갑지 않은 것을 동시에 들으니
이 둘을 화해시키기가 난감해서입니다.

어의 등장

맬컴 그럼, 잠시 후에.
폐하께서 이쪽으로 오시는지 묻겠소.

어의 예, 왕자님. 폐하의 치료를 기다리고 있는 불쌍한
사람들이 몇 있습니다. 그들의 질병들은 최고의
의술마저도 무력하게 했으나 왕께서 어루만지시면
하늘이 폐하의 손에 지극한 성스러움을 부여한 고로
그들은 즉시 낫게 됩니다.

맬컴 고맙소, 의원. (어의 퇴장)

맥더프 그가 말하는 질병이란 무엇입니까?

맬컴 왕의 악마라[19] 불리는 병이오.
이 선한 국왕께서 하시는 가장 기적적인 일로
내가 이곳 잉글랜드에서 머문 후 줄곧 그 일을
행하시는 것을 보았소. 어떻게 하늘에게 간청하는지는
그분께서 가장 잘 아시겠죠. 이상한 병을 앓는 자들은,
온통 붓고 곪아서 참 딱해 보이는데,
수술로도 가망이 전혀 없는 자들을 그분께서 치료하시고
그들의 목에 황금 동전을 걸어 주고
성스러운 기도를 올리지요. 전하는 바에 의하면

---

19) 연주창을 말한다.

혈통을 잇는 왕손들에게 그 치유의 축복을
물려준다 하는군요. 이 신묘한 능력 외에도
이 왕께선 신성한 예언의 능력을 지니고 있으며
여러 축복이 그의 옥좌 위에 자리하고 있어
그분의 충만한 은총을 대변하고 있소.

로스 등장

맥더프 누가 이쪽으로 오는 것 같습니다.

맬컴 우리 백성 같으나 누군지는 모르겠소.

맥더프 항상 다정한 사촌, 이곳에 온 걸 환영하오.

맬컴 이제야 그를 알아보겠소. 하나님 맙소사, 서로를
몰라보게 만든 방해 요소를 속히 없애 주소서.

로스 폐하, 저도 동감입니다.

맥더프 스코틀랜드는 예전 그대로요?

로스 아이고, 가엾은 나라,
너무 두려워 스스로도 몰라볼 지경입니다. 모국은
이제 어머니가 아니라 오히려 무덤입니다. 그곳에선
일자무식이 아닌 경우에야 웃는 자는 찾아 볼 수 없습니다.
한숨과 신음, 허공을 찌르는 비명이
들려도 거들떠보는 사람 없습니다. 그곳에선 격한 슬픔도

예사로운 격앙된 감정에 불과합니다. 죽음의 조종소리에도
누구인지 물어보는 자 없고 선량한 사람들의 목숨은
모자 위에 있는 꽃보다 더 빨리 명을 다하거나
병을 앓기도 전에 죽어 갑니다.

맥더프 오, 보고가 상세하고 사실과 다름없군요.

맬컴 가장 최근의 비보는 무엇인가?

로스 한 시간 전의 것들을 말해도 야유받기 십상입니다.
매 순간 새로운 일들이 벌어지니까요.

맥더프 내 아내는 어떻소?

로스 뭐, 안녕하십니다.

맥더프 내 아이들도 다?

로스 역시 잘 있습니다.

맥더프 폭군이 아직 그들의 평화를 부수진 않았군요?

로스 네, 제가 그들을 떠나 올 때는 모두들 평안했습니다.

맥더프 말로 구두쇠 노릇 하지 마시오. 어떻습니까?

로스 제가 이곳으로, 비록 침통한 소식입니다만,
소식을 전하러 왔을 때 반기를 들고 일어났던
훌륭한 사람들에 관한 소문이 돌았는데
폭군의 군대가 이동하는 걸 보게 되니
그 소문이 제겐 더욱 미덥게 여겨졌습니다.
이제 도움이 필요한 때입니다. 폐하께서 스코틀랜드에 나타

나시면
병사들도 일어날 것이며 여자들도
끔찍한 곤궁을 벗어던지기 위해 싸울 겁니다.

맬컴 우리가 그곳으로 진군하니
백성에게 위안이 될 것이오. 은혜로운 잉글랜드 국왕이
훌륭한 시워드 장군과 만 명의 병사를 빌려주었소.
기독교 나라에서 그 보다 더 연배가 많거나
더 훌륭한 군인은 없을 것이오.

로스 이 같은 위안의 소식에 대해
저도 같은 것으로 응하면 좋겠습니다만, 드릴 말씀인 즉,
인적 없는 광야의 허공에나 대고 소리 질러서
알아듣는 귀가 없는 편이 낫습니다.

맥더프 무엇에 관한 것이오?
일반적인 명분이오? 아니면 한 사람이 안아야 할
개인적인 슬픔이오?

로스 정직한 사람치고 그것의 비통함을
함께하지 않을 사람은 없으나 주된 몫은
당신에게만 해당하는 것이오.

맥더프 그것이 내 것이라면
숨기지 마시고 얼른 들려주시오.

로스 부디 당신의 귀가 내 혀를 영원히 경멸하지 않았으면 하오.

당신의 귀가 지금까지 들은 것 중 가장
비통한 소식으로 내 혀가 그 귀를 사로잡더라도 말이오.

맥더프 음, 짐작이 갑니다.

로스 당신의 성이 기습을 당했소. 당신의 아내와 자식들은
야만스럽게 도살되었소. 경위를 말씀 드리는 건
이렇게 살해된 사슴들의 무리 위에
당신의 죽음을 더하는 격이겠지요.

맬컴 하늘이여 자비를.
이보게, 장부잖소. 이마 위로 모자를 눌러쓰지 말고
슬픔을 말로 풀어 버리게. 비통함을 담아 두면 그것은
짓눌린 심장에 대고 속삭여서 심장을 미어터지게 하오.

맥더프 내 아이들도?

로스 아내, 자식들, 하인들, 발견된 자들은 모두요.

맥더프 내가 그곳을 떠나야만 했던가? 내 아내도 죽었소?

로스 말씀 드렸습니다.

맬컴 진정하시오.
이 끔찍한 비통함을 치료하기 위해
우리의 거대한 복수로 약을 조제합시다.

맥더프 놈은 자식이 없어. 내 귀여운 것들을 모조리?
모두라고 하였소? 오 지옥의 솔개야. 모두를?
아니 내 모든 귀여운 병아리들과 그것의 어미를

무자비하게 한 번의 급습에 내리쳐?

맬컴 장부처럼 맞서 주시오.

맥더프 그리할 작정입니다.
하지만 사람으로서 느끼기도 해야 할 것 같습니다.
그들이 내게 가장 소중한 존재였다는 것을
잊을 수가 없습니다. 하늘은 내려다보고도
제 역할을 하지 않은 거로군요? 죄 많은 맥더프,
그들이 모두 너 때문에 당한 거다. 내가 악한 놈이지.
그들의 죄가 아니라 바로 내가 지은 죄 때문에
참사가 그들을 덮치다니. 하늘이여, 이제 그들을 편히 쉬게
해 주십시오.

맬컴 이 일을 기회 삼아 숫돌에 칼을 가시오. 비통함을
분노로 바꾸고 심장은 무디게 하지 말고 격분시키시오.

맥더프 오, 여자처럼 굴어 눈물도 흘리고
혀로는 호언장담할 수 있다면. 하지만 인자한 하늘이시여
중간 시간은 다 잘라 주십시오. 이 스코틀랜드
악마 놈과 내가 정면 대결하게 해 주시고 내 칼끝이
닿는 곳에 놈을 세워만 주십시오. 그가 재주껏 피한다면
그를 용서해도 좋습니다.

맬컴 실로 장부다운 말이오.
자, 왕을 알현하러 갑시다. 우리 병력은 준비를 마쳤으니

필요한 건 오로지 왕께 하직하는 것뿐이오. 맥베스는
이제 무르익어 떨어질 때가 되었고 위에 계신 힘들도
채비를 갖추었소. 날이 밝아오지 않을 때나 밤이
길게 느껴지는 법이니, 최대한 기운을 내시오.

(퇴장)

5막 1장

던시네인 성의 어느 방

의사와 시중을 드는 부인 등장.

의사 부인과 이틀 밤을 지켜보았으나 부인이 말씀하신 사실을 관찰하지 못했습니다. 왕비께서 마지막으로 걸어 다니신 게 언제였습니까?

시녀 폐하께서 전장으로 출전하신 후론, 마님께서는 자다가 침대에서 일어나서, 가운을 걸쳐 입으시고, 장롱을 열고는 종이를 꺼내, 그걸 접어서, 그 위에 뭔가를 쓰고 나서, 그것을 읽고 그런 다음 봉인하고는 다시 잠자리에 들곤 하셨는데, 이 모든 걸 하는 동안 깊이 잠들어 계셨어요.

의사 잠의 효과를 누리면서 또한 동시에 깨어 있는 사람처럼 행동을 하신다면 본성에 큰 혼란이 있는 겁니다. 이 같은 수면 상태의 착란 속에서[20], 걸어 다니시거나 어떤 다른 활동을 하는 것 외에, 혹시 무슨 말을, 아무 때라도 좋으니, 하는 걸 들은 적 있습니까?

시녀 그런데 그 말은, 의원님, 말씀 드릴 수 없습니다.

의사 말씀해 주시지요, 응당 그러셔야 맞고요.

시녀 의원님께도 그리고 어느 누구에게도 말할 수 없습니다. 내 말을 확인해 줄 증인이 없잖습니까.

촛불을 들고 맥베스 부인 등장

자 보세요, 마님께서 오십니다. 이게 바로 마님의 그 모습이에요. 맹세컨대, 깊이 잠들어 계세요. 몸을 숨기고 잘 관찰해 보세요.

의사 저 촛불은 어떻게 구한 거요?

시녀 뭐, 촛불은 마님 옆에 있던 겁니다. 항상 촛불을 곁에 두고 계시니까요. 그렇게 명령을 내리셨어요.

의사 눈을 뜨고 있는 것 좀 보세요.

시녀 아, 하지만 눈의 감각은 없습니다.

의사 지금 뭘 하고 있는 거죠? 손을 비비는 것 좀 보세요.

---

20) '수면 상태의 착란'은 모순어법으로 맥베스 부인의 이상한 상태를 암시한다(아든 주석).

시녀 저렇게 손을 씻고 있는 것처럼 보이는 저것은 마님께서 습관처럼 하시던 행동이에요. 약 십오 분 정도씩 그렇게 하고 있는 걸 봤었습니다.

맥베스 부인 아직도 여기에 자국이 있군.

의사 쉿, 말씀을 하시는군요. 마님께서 하시는 말씀을 기록해 놓아야 겠어요. 나중에 기억을 더듬을 때 더 또렷하게 생각나게 하려면 말이지요.

맥베스 부인 꺼져라, 저주 받은 자국아, 꺼지라 했겠다. 하나, 둘. 아니, 그러면 이제 처리할 때가 되었군. 지옥은 깜깜해. 어휴, 국왕이시여, 어휴, 군인인데 두려워요? 우리가 두려워 할 필요가 뭐가 있어요? 누가 그걸 알겠어요, 아무도 우리에게 왕권에 대해 해명하라고 요구할 수 없는데? 아니 그런데 그 노인에게 그렇게 많은 피가 있을 줄을 누가 생각이나 했겠어요?

의사 저 말 들었어요?

맥베스 부인 파이프의 영주에게는 아내가 있었는데. 그녀는 지금 어디 있는 걸까? 아니, 이 손은 절대 깨끗해질 수 없단 말인가? 이제 그만, 국왕이시여, 이제 그만 하세요. 이렇게 놀라시면 모든 걸 망칩니다.

의사 저런, 저런. 당신은 알아서는 안 될 것을 알고 있었군요.

시녀 마님께선 결코 해서는 안 될 말씀을 하신 겁니다, 그 점은 제가

장담하지요. 마님께서 알고 있는 걸 하늘도 알고 계실 겁니다.

맥베스 부인 여기 피 냄새가 아직도 남아 있어. 아라비아의 모든 향수로도 이 작은 손을 향긋하게 만들지는 못하겠구나.

오, 오, 오.

의사 한숨이 저렇게 심하시다니. 가슴이 고통스럽게 짓눌려 있는 겁니다.

시녀 온몸에 저렇게 높은 지위를 준다 해도 제 가슴 속엔 저런 마음은 결코 품고 싶지 않습니다.

의사 아무렴, 아무렴, 아무렴요.

시녀 말씀대로 잘 되길 기도 드려야죠.

의사 이 병은 내 의술로는 안 됩니다. 하지만 저렇게 잠든 상태로 걸어 다니면서도 침대에 누워 경건하게 죽은 사람들을 본 적 있습니다.

맥베스 부인 손을 씻고, 가운을 입으시고, 그렇게 창백하게 보이지만 않으면 돼요. 다시 말씀 드리는데, 뱅쿼는 이미 묻혔어요. 그는 무덤에서 되살아나올 수 없어요.

의사 설마 그럴 리가?

맥베스 부인 침실로 가요, 침실로. 누가 문에서 노크를 하고 있잖아요. 어서, 어서, 어서, 어서, 당신 손을 이리 줘요. 이미 저질러진 것은 되돌릴 수 없어요. 침실로 가요, 침실로, 침실로. (부인 퇴장)

의사 마님께서 이제 잠자리에 듭니까?

시녀 곧바로요.

의사 험한 소문들이 파다합니다. 부자연스러운 행동이
부자연스러운 곤경들을 가져옵니다. 병든 마음은
귀머거리 베개에다 그들의 비밀을 쏟아 놓을 겁니다.
마님께는 의사보다 성직자가 더 필요합니다.
하나님, 하나님 우리 모두를 용서하소서. 마님을 돌보시고
마님 주변에 해가 될 만한 물건들은 치워 주시고
마님을 늘 감시하세요. 이만 가 봐야겠습니다.
마님 때문에 정신이 다 아찔하고 내 눈도 깜짝 놀랐군요.
생각이 있긴 한데 감히 말하진 못하겠습니다.

시녀 밤길 조심하십시오, 의사 선생님.

(퇴장)

5막 2장
던시네인 성 근처

고수와 기수들. 멘티스, 캐스니스, 앵거스, 레녹스 및 병사들 등장.

멘티스 잉글랜드군이 근처에 있는데, 그 선봉장은 맬컴과
그의 숙부 시워드 그리고 훌륭한 맥더프요.
복수심으로 불타오르고 있는 바, 그들의 절실한
명분은 다 죽은 인간들도 벌떡 일어나서 유혈의
참혹한 전쟁에 뛰어들게 할 것이오.

앵거스 버넘 숲 근처에서
그들을 만날 것이오. 그들이 그쪽으로 오고 있소.

캐스니스 도널베인 왕자가 그의 형과 함께 있는지 아는 사람 있소?

레녹스 함께 있지 않은 게 확실하오. 제가 모든 귀족의
명단을 가지고 있는데, 시워드 장군의 아들과
이제 처음으로 사내장부 노릇을 자처하는

털수염도 나지 않은 젊은이들이 상당수 있소.

멘티스 폭군은 어떻소?

캐스니스 던시네인 성벽의 수비를 더욱 강화하고 있소.
어떤 이들은 미쳤다고 하고, 그를 덜 증오하는 다른 이들은
용맹스런 분노라 부르오. 하지만 확실한 건
통제라는 허리띠로 그의 병들어 부은 명분을
묶어 놓을 수는 없다는 것이오.

앵거스 이제야 그는 자신의
은밀한 살인이 자기 손에 엉겨 붙은 걸 느낄 거요.
지금 매순간 반군들은 그가 신의를 저버린 것을 비난하고
그의 수하인들은 다만 명령이니까 따를 뿐
애정은 전혀 없소. 이제 그도 왕권이 자신에게
헐겁다고 느끼겠지요. 마치 난쟁이 도둑놈이
거인의 의복을 입은 것처럼 말이오.

멘티스 그의 곪아터진 감각들이
변절하여 꽁무니를 뺀다한들 누가 비난하겠소,
자신 안의 모든 것들도 그 안에 있다는 이유만으로
스스로를 비난하는 마당인데.

캐스니스 자, 행군합시다.
참된 권한을 가진 분께 우리의 충성을 바치기 위해서.
병든 나라를 고칠 의사를 만나서

그분과 함께 나라를 정화하기 위해 우리 각자
한 방울씩을 쏟아 봅시다.

레녹스 혹은 군주의 꽃잎을
적시고 잡초를 익사시킬 만큼 충분히 말입니다.
버넘 숲을 향하여 진격합시다. (행군하며 퇴장)

5막 3장
던시네인 성의 어느 방

맥베스와 의사 및 수행원들 등장.

맥베스 보고는 그만 가져와라, 다들 도망가라 해.
버넘 숲이 일어나서 던시네인 언덕으로 올 때까진
난 두려움에 떨지 않아. 맬컴 애송이가 무슨 대수라고?
그놈은 여자 몸에서 안 태어났나? 인간의 모든 운명을
훤히 내다보는 혼령들이 내게 이렇게 분명히 말해 주었지.
"두려워 마, 맥베스, 여자 몸에서 태어난 어떤 인간도
너를 누를 힘이 없어"라고 말야. 못된 영주들아 도망쳐서
쾌락주의 잉글랜드 놈들과 어울려라.
내가 통치하는 이 정신과 내가 지닌 이 심장은
절대 의심으로 움츠러들거나 두려움으로 떨지 않을 테니.

하인 등장

악마가 네놈의 새하얀 낯짝을 까맣게 만들어 버렸으면.
그 거위처럼 멍한 상판은 어디서 주워 온 거냐?

하인 일만이 있사옵니다.

맥베스 고얀 놈아, 거위 말이냐?

하인 병사입니다, 폐하.

맥베스 가서 얼굴 좀 찔러서 네놈의 두려움이나 빨갛게 칠해라,
이 작은 간땡이 애송아. 어떤 병사더냐, 광대 놈아?
네놈의 목숨을 걸고 말하는데, 그 마직물같이 흰 볼때기는
보는 사람도 두려움에 떨게 만들겠구나. 희멀건 상판아, 어떤 병사더냐?

하인 황공하오나, 잉글랜드군입니다.

맥베스 네 얼굴 좀 치워라. (하인 퇴장)
세이튼, 속이 안 좋다,
쳐다보고 있으면. 여봐라, 세이튼. 이번 출전으로
난 평생의 안락을 얻거나 아니면 왕좌에서 쫓겨나겠지.
충분히 오래 살았구나. 내 삶의 여정이
시들어 빠진 노란 나뭇잎으로 떨어져 버렸으니,
늘그막에 따라오기 마련인
명예, 사랑, 충성, 한 무리의 벗들은
감히 바라지도 않는다. 그것들은커녕,

조용하나 깊은 저주와 입에 발린 명예, 기꺼이 끝내고
싶지만 나약한 심장이라 감히 끊지도 못하는 목숨만
부지하고 있을 뿐이니.
세이튼?

세이튼 등장

세이튼 은혜로운 폐하께서 찾으시는 것은 무엇입니까?
맥베스 소식은 더 없느냐?
하인 모든 것이 확실합니다, 폐하, 보고 드린 대로입니다.
맥베스 싸울 것이다. 뼈에서 살점들이 떨어져 나올 때까지.
갑옷을 가져와라.
세이튼 아직 그러실 필요는 없습니다.
맥베스 갖춰 입겠다.
기병들을 더 내보내 나라를 잽싸게 한 바퀴 돌면서
두려움에 대해 떠드는 자들을 처형하게 해라. 내 갑옷을
가져와라.
의원, 환자는 어떻소?
의사 몸이 아픈 게 아닙니다, 폐하.
마님께선 쉴 새 없이 몰려드는 공상에 시달려서
휴식을 취하지 못하신 겁니다.

맥베스 그것을 치유하시오.
병에 걸린 정신을 보살펴서
기억에서 뿌리 깊은 슬픔을 뽑아내고
두뇌에서 새겨진 고뇌들을 제거하고
어떤 달콤한 망각의 해독제로
막힌 가슴 속에서 마음을 무겁게 짓누르고 있는
그 위험한 것들을 씻어낼 수 없겠소?

의사 그 점에 관해선 환자
스스로가 돌봐야만 합니다.

맥베스 그 따위 의술은 개한테나 주시오. 난 필요 없소.
자, 내게 갑옷을 입혀 주고, 내 창을 줘.
세이튼, 더 내보내. 의원, 영주들이 달아나고 있소.
어서, 서둘러 주오. 의원, 당신이 할 수 있다면
이 나라의 소변 검사라도 하여 그 병을 찾아내서
그걸 튼튼하고 순수한 태초의 건강으로 되돌려 놓으면
메아리가 다시 메아리치도록 그대에게
박수를 쳐 줄 것이오. —여봐라, 벗겨라.
어떤 대황이나, 차풀, 혹은 어떤 설사약을 쓰면
이 잉글랜드 놈들을 당장 몰아낼 수 있겠소? 그들에 대해
들은 것 있소?

의사 그렇습니다, 폐하. 폐하께서 준비를 하시니

저희도 무언가를 듣긴 했습니다.

맥베스 그걸 가지고 따라와.[21]

난 죽음도 파괴도 두렵지 않다.

버넘 숲이 던시네인 언덕으로 올 때까진.

(의사 빼고 모두 퇴장)

의사 던시네인 성에서 멀리 달아날 수만 있다면

이득을 얻겠다고 다시 오진 않을 거다. (퇴장)

21) 세이튼이나 다른 수행원에 대한 명령.

5막 4장
숲이 보이는 던시네인 성 근처의 어느 시골

고수와 기수들. 맬컴, 시워드, 시워드의 아들, 맥더프, 멘티스,
캐스니스, 앵거스 및 병사들 행군하며 등장.

맬컴 사촌들이여, 우리들의 안방이 안전하게 될 날이
목전에 와 있다는 희망이 보이는군요.

멘티스 저희들 역시 의심치 않습니다.

시워드 이 앞에 있는 숲의 이름은 무엇이오?

멘티스 버넘 숲입니다.

맬컴 모든 병사들로 하여금 가지 하나씩 잘라 내어
각자 앞에 들고 가게 하시오. 아군은 병력의
숫자를 숨길 수 있고 적의 정찰병은 아군에 대해
잘못된 보고를 하게 될 것이오.

병사 분부대로 하겠습니다.

시워드 자신만만한 폭군이 던시네인 성에 가만히 있으며
아군이 그 앞에 진영을 구축해도 버틸 거라는 것 외엔
우리 측이 아는 것은 없습니다.

맬컴 그게 그의 큰 희망이지요.
도망갈 절호의 기회가 주어지기만 하면
지위 고하를 막론하고 모두 충성을 버리고 달아났고
억류된 자 외에는 아무도 그를 섬기지 않기 때문인데
그들 역시 마음이 떠난 건 마찬가지입니다.

맥더프 우리의 판단이 옳은지는
전투의 결과에 맡기고 우리는 충실하게
병사 임무를 다해 봅시다.

시워드 의로운 결판으로
말로만 우리의 소유라 주장할 수 있는 것과 실제 우리가
차지한 것을 판가름할 때가 다가오고 있소.
앞선 추측들은 불확실한 희망만을 말할 뿐이며
한판 붙어 봐야 확실한 결과가 밝혀질 것이니
자, 그것을 향해 진군합시다. (행군하며 퇴장)

5막 5장
던시네인 성안

고수와 기수들, 맥베스, 세이튼, 병사들 등장.

맥베스 바깥 성벽에다 아군 깃발을 내걸어라.
함성은 아직도 "적들이 온다."로군. 우리 성의 견고함은
저들의 함락을 비웃을 거다. 머물 테면 머물러 봐라,
결국 기근과 열병이 네놈들을 다 잡아먹고 말 테니.
적이 우리 편에 있어야 할 놈들로 증강되지만 않았던들
우리도 수비를 총동원하여 콧수염 대 콧수염으로 맞붙어서
놈들을 불리쳐 집으로 달아나게 만들었을 텐데.

(안에서 여자들의 울음소리)

저 소리는 무엇이냐?

세이튼 여자들의 울음소리입니다, 폐하.

맥베스 두려움이 어떤 맛이었는지도 거의 잊어버렸어.

한때는 한밤의 비명 소리만 들어도
감각들은 다 얼어붙고 무서운 이야기만 들어도
머리털이 곤두서서 살아 있는 것처럼
술렁거릴 때가 있었는데. 공포로 포식을 해 버렸고
살심을 품다 보니 살벌한 짓에도 이골이 나
무섭지가 않다. 저 울음의 연유는 무엇이냐?

세이튼 왕비께서, 폐하, 돌아가셨습니다.

맥베스 차후에 죽었어야 했는데.
그런 말이 어울릴 때가 있었을 텐데.
내일, 그리고 내일 그리고 내일은
기록된 시간의 마지막 음절까지
하루하루 이 잔걸음으로 기어오고
한편 우리의 어제들은 모두 바보들에게 흙으로 돌아가는
죽음의 길을 밝혀 주었지. 꺼져라, 꺼져, 짧은 촛불,
인생은 다만 걸어 다니는 그림자, 무대에서
뽐내고 안달하다가 시간이 다 되면
더 이상 들리지 않는 가엾은 배우, 그건 천치들이
들려주는 이야기로 소리와 분노로 가득할 뿐
의미는 전혀 없어.

전령 등장

혀를 놀리러 왔구나. 용건만, 빨리 말해.

전령 은혜로운 국왕이시여
제가 직접 본 것이라고 보고 드려야 하나
어떻게 말씀 드려야 할지 모르겠습니다.

맥베스 자, 말해 봐라.

전령 언덕에서 제가 보초를 서며
버넘 숲 쪽을 보고 있자니, 숲이 곧 움직이기
시작한다는 생각이 들었습니다.

맥베스 빌어먹을, 거짓말 마라.

전령 그게 사실이 아니라면 폐하의 분노를 다 받겠습니다.
삼 마일이 채 안 되는 곳에서 오고 있는 걸 보실 수 있습니다.
움직이는 숲이라고 말씀 드리겠습니다.

맥베스 만일 네놈이 거짓을 말한다면
네놈을 저 옆의 나무에다 산 채로 걸어 굶주림에
쪼그라져 죽게 만들 것이다. 만일 네 말이 진실이라면
네놈이 나에게 이렇게 해도 좋다.
결심의 고삐를 늦추니 진리처럼 들렸던
악마의 궤변이 의심되기
시작하는군. "버넘 숲이 던시네인 언덕으로

올 때까진 두려워 말라."고 했는데, 지금 숲이
던시네인을 향해 오고 있잖은가. 무장하라, 무장, 출격하라.
이놈이 장담한 것이 사실로 드러나면
여기에서 도망갈 수도, 여기에 머무를 수도 없다.
태양이 지겨워지기 시작하니
이제 우주의 질서도 다 끝장나 버렸으면.
종을 울려라. 바람아 불어라, 와서 부서라,
적어도 말에 올라타 갑옷을 입은 채 죽을 것이다.

(퇴장)

5막 6장

같은 장소. 성 앞의 평원

고수와 기수, 맬컴, 시워드, 맥더프 및 가지를 든 병사들 등장.

맬컴 이제 충분히 근접했다. 잎사귀 장막은 내던지고
너희들의 본 보습을 보여라. 훌륭한 숙부님께서는
저의 사촌인, 숙부님의 귀한 아드님과 함께
선봉 부대를 이끌어 주십시오. 훌륭한 맥더프와 과인은
전투 계획에 따라 그 밖의 일을
처리하겠습니다.

시워드 무사하십시오.
오늘밤 안으로 폭군의 군대와 맞붙을 수만 있다면야
싸움을 못해 얻어터진다 해도 상관없습니다.

맥더프 나팔을 모두 울려라. 숨이 터져라 불어,
피와 죽음을 알리는 요란한 전조가 되어라.

(퇴장. 나팔 소리는 계속된다.)

5막 7장
같은 장소. 평원의 다른 장소

맥베스 등장.

맥베스 놈들이 나를 말뚝에 묶어 버려서 도망갈 수도 없고
곰처럼 꼼짝없이 공격에 대항하여 싸워 나갈 수밖에. 여자
몸에서 태어나지 않은 놈이 어디 있겠나? 그런 놈이나
두렵지, 다른 건 두렵지 않다.

젊은 시워드 등장

젊은 시워드 너의 이름은 무엇이냐?

맥베스 들으면 겁날 것이다.

젊은 시워드 아니, 네가 지옥에 있는 어떤 작자보다 더 저주 받은 이름을 자처해도 두렵지 않다.

맥베스 내 이름은 맥베스다.

젊은 시워드 악마 놈이라도 내 귀에 그보다 더 혐오스러운
이름을 말하진 못할 것이다.

맥베스 아니, 더 무시무시한 이름이겠지.

젊은 시워드 거짓말 마라, 끔찍한 폭군아. 내 칼끝으로
네놈이 하는 거짓을 입증해 보이겠다.

(싸우고 젊은 시워드는 칼에 베인다.)

맥베스 네놈은 여자 몸에서 태어난 거다.
난 여자 몸에서 태어난 놈이 휘두르는 것이라면
칼에도 미소 짓고 무기도 조롱한다. (퇴장)

나팔 소리. 맥더프 등장

맥더프 저쪽에서 소리가 나는군. 폭군아, 네 면상을 내비쳐라.
네놈이 잘 죽었다 해도 내 칼을 받지 않았다면
내 아내와 아이들의 귀신이 영영 날 따라다닐 것이다.
난 막대기나 들고 있으라고 매수된 한심한 용병들은
상대하지 않는다. 맥베스, 내가 네놈을 치거나
아니면 전혀 쓰지 않은 흠집 없는 칼을 도로
칼집에 넣거나, 둘 중 하나다. 이 웅장한 소리로 보아

걸출한 놈 하나가 모습을 드러낸 것 같으니,
저쪽에 네놈이 있으렷다. 운명의 여신아, 그놈만 찾게 해 다오,
그 이상은 간청하지 않겠다. (퇴장)

나팔 소리. 맬컴과 시워드 등장

시워드 이쪽입니다, 폐하, 성이 순순히 항복했습니다.
양쪽에서 폭군의 병사들이 싸우고 있습니다.
고귀한 영주들이 용감하게 전투에 임하고 있고
하늘마저도 오늘이 폐하의 승리임을 선포하는 듯하여
할 일은 거의 없는 것 같습니다.

맬컴 아군 옆에서 함께 싸우는
적군들도 보았습니다.

시워드 폐하, 성으로 드시지요.

(퇴장. 나팔 소리)

5막 8장

전장의 또 다른 곳

나팔 소리. 맥베스 등장.

맥베스 로마인들의 바보 짓거리를 하며[22] 내 자신의 칼에
죽을 이유가 무엇이냐? 살아 있는 놈을 보는 한
차라리 놈들이나 베어 주겠다.

맥더프 다시 등장

맥더프 돌아서라, 지옥 개야, 돌아서.

맥베스 모든 인간 중에서도 네놈은 피해 왔다.
허나 도망쳐라, 내 몸은 이미 네놈의 피로

22) 전쟁에 패했을 때 포로로 잡히기 보다는 자결함으로써 군인의 명예를 지켜 내던 로마군의 관행을 말한다(아든 주석).

너무 꽉 차 있으니.

맥더프 말을 아끼겠다.
이 칼이 내 입을 대신할 것이다. 이루 말할 수
없이 잔혹한 악당아. (싸운다. 나팔 소리)

맥베스 네놈은 헛수고하는 거다.
내 피를 흘리게 하느니 네놈의 날카로운 칼로
벨 수 없는 허공에 칼자국을 남기는 게 쉬울 거다.
그 칼로 쉽게 베이는 투구나 내려쳐라.
난 마력의 목숨을 지니고 있어 여자 몸에서 태어난
놈에게는 굴복하지 않는다.

맥더프 그 마력에 절망해라.
네놈이 여태 섬겼던 그 악령들더러
떠들라 해라, '맥더프는 때가 되기 전에 제 어미의
자궁을 찢고 나왔노라.'고.

맥베스 그 말을 뱉은 혓바닥은 저주나 받아라,
장부의 기백을 꺾어 버리다니.
농간질하는 마귀들은 더 이상 믿을 게 못 되는군.
이중의 뜻으로 얼버무려 감쪽같이 홀려서
우리 귀에 대곤 약속을 지키다가도
정작 희망하면 어기고 마는 놈들. 네놈과 싸우지 않겠다.

맥더프 그럼 항복하라, 겁쟁이야.

살아남아 이 시대의 구경거리나 되어라.
우린 희귀한 괴물처럼 네놈을 장대 위의
천에다 그려 놓고 그 아래 써 놓을 거다.
'여기에서 폭군을 볼 수 있소.'라고.

맥베스 난 항복하지 않는다.
어린 맬컴의 발밑 땅에 대고 입을 맞출 일도,
하찮은 잡놈들 욕설에 놀림감이 될 일도 없다.
버넘 숲이 던시네인 언덕으로 진짜 왔어도
여자 몸에서 태어나지 않은 네놈이 나와 겨룬다 해도
난 최후까지 버틸 것이다. 자, 몸 앞에
이 전투 방패를 세우니, 덤벼라, 맥더프야.
'그만, 멈춰라.'라고 먼저 외치는 놈이 저주 받는 거다.

(싸우면서 퇴장. 나팔 소리)

싸우면서 다시 등장하고 맥베스는 칼에 맞는다.

(맥베스의 시신을 들고 맥더프 퇴장)

5막 9장
성안

퇴각과 나팔 소리. 고수와 기수들,
맬컴, 시워드, 로스 및 영주들과 병사들 등장.

맬컴 여기에 없는 아군들이 무사히 도착하길 바라마지 않소.

시워드 어느 정도는 필시 세상을 떴겠지요. 하지만 이 정도라면
오늘같이 큰 승전은 큰 손실 없이 얻어졌다 할 수
있습니다.

맬컴 맥더프가 보이지 않소, 숙부님의 고귀한 아들도.

로스 폐하, 시워드 장군의 아들은 병사의 빚을 갚았습니다.
장부가 되자마자 이내 세상을 떴습니다.
굴하지 않고 싸움에 임하여서
그의 용맹함이 그의 사내장부임을 증명한 순간에,
그만 장부답게 전사하고 말았습니다.

시워드 그럼 죽었단 말이오?

로스 네, 전쟁터에서 운구되었습니다. 장군이 슬퍼할 명분은
그의 가치로 측정되면 안 됩니다. 그 가치는
끝이 없으니까요.

시워드 상처가 몸 앞에 있었습니까?

로스 네, 이마입니다.

시워드 뭐, 그럼, 그는 하나님의 병사인 거요.
머리칼만큼 많은 아들을 가졌다 해도
이보다 더 고운 죽음을 바라지 않겠소.
이제 아들의 조종 소리는 다 울린 것이오.

맬컴 그는 더 많은 애도를 받을 자격이 있으니
제가 그에게 애도를 올리겠습니다.

시워드 더 이상의 자격은 없습니다.
잘 떠나갔고 자기 계산서를 다 지불했다 하니
하나님께서 그 아이와 함께 할 것입니다. 더 새로운 위안이
오고 있습니다.

맥베스의 머리를 들고 맥더프 등장

맥더프 국왕 폐하 만세. 이제 왕이 되셨으니. 찬탈자의 저주 받은
두상이 걸려 있는 곳을 보십시오. 시간도 해방되었습니다.

폐하께선 왕국의 진주들로 둘러싸여 계시는데,
이들도 각자 마음속에서 저와 같은 인사를 말하는 바
제가 큰 소리로 그들의 목소리를 대변하겠습니다.
스코틀랜드 국왕 폐하 만세.

일동 스코틀랜드 국왕 폐하 만세.

(나팔 소리)

맬컴 과인은 시간을 오래 끌지 않고
속히 여러분 각자의 충정을 계산하여 그에 맞게
보상을 할 것이오. 나의 영주들과 혈족들은
이제부터 백작들로, 스코틀랜드에서는 처음으로
안겨 주는 영예이오. 앞으로 더 할 일은
이 시대에 새롭게 행해져야 할 것으로
감시를 늦추지 않는 폭정의 덫을 피해
해외로 망명했던 동포들을 조국으로 불러들이고
이 죽은 백정과, 잔인한 손으로 몸소
자신의 목숨을 끊었다고 전해지는,
그 마귀 같은 왕비의 잔인한
하수인들을 색출하는 등, 이외에도 과인에게
부여된 일들은, 하나님의 은총으로
시간과 장소, 경중에 맞게 처리할 것이오.
여러분 모두와 그리고 각각 한 사람께 감사를 드리며

스쿤에서 올리는 과인의 대관식에 참석해 주시길 부탁드리겠소.

(나팔 소리. 모두 퇴장)

작품 해설

"고운 것은 고약하고, 고약한 것은 고와라"(Fair is foul, foul is fair, 1.1.9). 극의 처음에 등장한 세 마녀들은 이 말을 남긴 채 안개 속으로 사라진다. 극중 맥베스의 첫 번째 대사 역시 "이렇게 고약하면서도 고운 날씨는 난생 처음이군"(So foul and fair a day I have not seen, 1.3.38)이라며 마녀들의 말을 환기시킨다. 얼핏 모순처럼 들리는 이 말은 '애매하게 돌려 말하다'인 'equivocate'라는 단어와 함께 작품 전반에 걸쳐 다양하게 변주되면서 맥베스의 삶뿐 아니라 극의 큰 흐름을 형성한다.

던컨 왕은 역모를 꾀한 코도의 영주에 대해 "얼굴에서 마음의 형상을 읽어낼 수 있는 기술은 없는가 보오. 그는 내가 절대적으로 신뢰했었던 신하였었소"(1.4.11-14)라고 말한다. "청순한 꽃 같은 자태를 보이되 그 아래 독사가 되세요"(1.5.65-66)라는 맥베스 부인의 대사는 앞선 던컨 왕의 말을 환기시키며 독사에게 물리게 될 던컨 왕의 운명을 예시한다. 맥베스의 성이 자신의 무덤이 될 것을 전혀 모르는 던컨 왕은 맥베스의 성을 찾아 와서 "공기도 가볍고 향긋하여 과인의 온화한 감각에 제격이오"(1.6.1-3)라고 언급하고 뱅쿼는 "천상의 숨결이 이곳에서 구애하듯 감도나 봅니다"(1.6.5-6)라고 맞받는다. 이렇게 고운 이미지는 다음날 아침 문지기의 "헌데, 여긴 지옥치고는 너무 춥다니까"(2.3.16)라는 말에 의해 무너진다. 1막 4장부터 2막 3장에 이르기까지 여러 인물들은 마녀의 말을 메아리처럼 되울린다. 맥베스는 고약한 의도를 품고 있지만 곱게 보이려고 노력하며 또 맥베스의 성은 곱게 보였으나 그 안에서는 고약한 일이 벌어지고 만다.

'고운'과 '고약한'이라는 반대되는 단어에 대해 셰익스피어는 같은 철자 'f'를 사용함으로써 이 둘이 서로 쉽게 치환될 수 있음을 강조한다. 마찬가지로 사악한 역적 맥도날드(Macdonald)와 이를 처치했던 충신 맥베스(Macbeth)의 이름도 'Mac-'으로 시작한다. 셰익스피어가 참조했던 라파엘 홀린셰드(Raphael Holinshed)의 『잉글랜드, 스코틀랜드, 아일랜드의 연대기』(Chronicles of England, Scotland and Ireland, 1577)의 기록에 따르면 맥도날드의 실제 이름은 막도왈드(Makdowald)이다. 저자는 이 이름의 앞 부분을 Mak-에서 Mac-으로 바꿈으로써 첫 장면의 맥베스와 마지막 장면의 맥더프(Macduff)의 평행구조를 의도적으로 구성하고 있다(Knights 34). 따라서 이들의 이름도 'fair'와 'foul'의 미묘한 관계를 되울리는데, 첫 장면에서 역적 맥도날드가 충신 맥베스에 의해 죽음을 맞는 것처럼 마지막 장면에서는 역적모의로 왕위에 오른 맥베스가 맬컴의 충신 맥더프에 의해 죽음을 맞기 때문이다. 용감한 장군에서 시작하여 잔악무도한 폭군으로 끝났음에도 불구하고 맥베스가 비극의 영웅에 걸맞은 경외감을 불러일으키는 것은 그의 잔악함에 비례하는 양심의 무게 때문이다. 악한 짓을 저지를수록 그의 양심은 더욱 더 그를 옥죄여서 그렇게 고약한 것이 고울 수 있음을 보여준다. 맥베스가 내면에서 느끼는 공포는 일종의 죗값을 치르는 것처럼 보이지만 이 공포는 그의 살아 있는 양심의 좌표로 기능한다.

맥베스는 "시인의 상상력"을 지니고 있으며 바로 이 상상력을 통해 양심과 명예에 대한 암시들을 접하게 된다(Bradley 268). 약간 달리 말하자면, 맥베스의 양심과 명예에 대한 존중이 오히려 상상력을 통해 전달되었다고 설명될 수도 있다. 그의 시적 상상력에 힘입어 양심에 떨고 있는 맥베스의 내면은 폭군이라는 외관에 균형을 잡아준다. 범행을 저지르기 전 맥베스는 죄에 대한 명확한 개념을 갖지 않았다. 하지만 섬세한 상상 속에서 맥베스는 던컨 왕을 살해하는 것이 자신의 본성을 거스르는 것이며, 자신의 친척인 던컨 왕에 대한 인간된 도리를 어기는 것이며, 자연 질서에 어긋나는 행위임을 지속적으로 암시받는다. 영어 단어 'nature'는 일차적으로 '자연'이나 '본성'을 뜻하며 이외에 '선량한 본성,' 특히 부모 자식 간의 '인간다운 정(情)'을 의미할 뿐만 아니라 '신체적 힘,' '생명력,' '성적 욕구,' '몸을 지탱하는 생명의 활동' 등을 포함하여 그 의미의 폭이 꽤 넓다. 때문에 맥베스가 선한 본성을 어긴 것에 대한 암시는 여러 가지로 표현된다.

마녀들로부터 왕이 될 것이라는 예언을 들은 맥베스는 무서운 상상으로 "가만히 있던 심장도 순리를 거슬러 갈비뼈를 두드리지 않은가"(1.3.138-39)라고 방백을 하는데 이는 머릿속에 떠오르는 생각 즉, 왕권을 얻으려는 수단이 자신의 본성을 그르치게 될 것임을 암시한다. 던컨 왕을 지키는 시종들에게 술을 진탕 먹여 놓으면 그들의 "생명은 술에 먹혀 죽은 거나 다름없다"(1.7.69)는 맥베스 부인의 말이나 단검의 환영을 따라 던컨 왕을 살해하러 가는 도중 "자연 세계의 절반이 죽은 것 같다"(2.1.50)는 대사들은 맥베스의 범행이 자신의 본성을 잠시 정지시키는 일이거나 자연의 순리를 어기는 것임을 암시한다. 던컨 왕이 있는 곳으로 더욱 가까이 오자 맥베스는 "대지"에게는 자신의 발자국 소리를 듣지 말 것과 "돌"들에게는 자신의 행방을 재잘거리지 말 것을 경고하는 투로 말한다. 독백이 끝나갈 무렵 맥베스는 "말은 행동의 열기에 차디찬 입김만 불어 넣는구나"(2.1.61)라고 말하는데 그의 "말"은 머릿속의 상념을 진술하는 매개체로서 양심에 대한 대변인이다. 『리처드 3세』(Richard III)[1)]에서 보스워스 전투 전날 밤 악몽을 꾸다 잠을 깬 리처드 3세는 "내 양심은 천 개의 다른 혀를 가졌는데 모든 혀가 몇 가지 이야기를 가져오고 모든 이야기는 나를 악당이라 비난하는구나"(5.4.172-74)라고 외친다. 여기에서 양심은 '혀'나 '말' 혹은 '이야기'로 비유된다. 『맥베스』에서는 양심을

1) 비극『맥베스』와 사극『리처드 3세』는 그 장르는 다르나 왕위를 찬탈한 악한 주인공이라는 점에서 종종 비교 연구되고 있다.『맥베스』에서는 양심이라는 단어가 작품 내에서 한 번도 언급되지 않는 반면에『리처드 3세』에서는 11회 언급되었다. 이는 양심이라는 단어가 가장 많이 언급되는『헨리 8세』(*Henry VIII*)의 19회,『헨리 5세』(*Henry V*)의 13회 다음으로 많은 횟수이다.

직접 언급하지 않고 위에서처럼 말이나 자연/본성을 거스르는 모습, 신체의 본연 기능의 마비 등으로 암시된다. 이런 맥락에서 볼 때 맥베스가 숨죽이고 가만히 있기를 바라는 자연, 대지, 돌들은 외적 자연이 아니라 자신의 내면에 있는 선량한 본성이며 "천 개의 다른 혀를 가진 양심"으로 이해될 수 있다.

살인을 저지른 직후 맥베스는 아멘을 말할 수 없었으며(2.2.32) "더 이상 잠들지 못하리. 맥베스는 잠을 죽였어"(2.2.36-37)라고 외치는 목소리를 환청으로 듣게 된다. 잠은 맥베스 부인이 말한 "만물의 보존제"(3.4.139)이다. 만물의 원문은 'all natures'로 'nature'의 다의성 때문에 육체적 힘이나 생명력도 함의한다. 이는, 맥베스가 잠과 식사를 제대로 하지 못한다는 점에서, 그의 신체가 비정상적이라는 것을 의미할 뿐만 아니라 더 중요하게는 그의 본성이 제대로 기능하고 있지 않음을 의미한다. 맥베스의 살인이 인간의 선한 본성이나 인간다운 정을 거스른 일이기에 이에 대해 "이상한"(strange)이라는 말 역시 극중 여러 인물에 의해 반복적으로 사용되면서 맥베스가 저지르는 살인이 인간의 도리에 어긋나는 일임을 환기시킨다. 던컨 왕의 살해를 의논하면서 맥베스 부인은 사람들이 맥베스의 얼굴에서 "이상한 문제"(1.5.63)를 읽어 낼 것을 걱정하며, 맥더프가 던컨 왕의 시체를 발견하기 직전 레녹스는 "이상한 죽음의 비명 소리"(2.3.56)에 대해 언급하고, 살인이 외부로 공개된 후, 노인은 "이상한 것들"(2.4.3)과 "순리에 맞지 않아요"(2.4.10)라고 말하며, 로스는 "더욱 인간의 도리에 어긋나오, 자신의 생명줄을 게걸스럽게 삼키는 그 헛된 야망 말이오"(2.4.27-

29)라고 말하는데 이들은 모두 '이상한'이라는 단어나 '순리에 어긋난'이라는 단어를 되울리며 맥베스가 저지른 살인의 성격을 명시한다. "헛된 야망"이 부추긴 살인은 맥베스의 본성에 어긋나는 것이며, 던컨 왕의 생명을 앗아갔고, 나아가 자연의 질서를 무너뜨린 행위였다.

"이상한"이라는 단어는 『셰익스피어 용어 색인』(Shakespeare Concordance)에 따르면 셰익스피어 전 작품 중 『맥베스』에서 16회로 가장 많이 등장한다. 2막 1장의 마지막 부분에서 맥베스가 던컨 왕을 살해한 것으로 본다면, 1막 2장부터 던컨 왕의 시해가 성 밖으로까지 알려지는 2막 4장까지 극중 여러 인물들에 의해 '이상한' 이라는 단어는 계속 반복된다. 먼저 반란을 일으킨 코도 영주의 소식을 가져오는 로스에 대해 레녹스는 "이상한 것들을"(1.2.47)을 말하려는 모습이라고 예견한다. 극의 초반 마녀들이 맥베스에게 미래 운명을 예언하자, 맥베스는 어디에서 "이상한 소식"(1.3.76)을 얻었는지를 추궁하며 마녀의 예언 중 첫 번째 예언이 이뤄졌을 때 뱅쿼는 "허나 거참, 이상야릇하군요"(1.3.124)라며 의아해하고, 코도의 영주가 된 맥베스가 아연해하는 모습을 "어색한 옷"(strange, 1.3.148)을 입은 모습에 빗대기도 한다. 반면 맥베스가 왕좌에 오른 3막 1장부터 극의 끝 부분에 이르기까지는 4막 3장에서 잉글랜드 왕에 대한 형용사로 사용된 경우를 제외하곤 모두 맥베스가 자신에 대한 형용사로 사용한다. 맥베스는 뱅쿼의 유령을 보고 "이것이 더 이상하오"(3.4.80)라고 말하고, 유령을 보고 놀란 것에 대해 스스로 "이상한 병"(3.4.84)이 있다고 변명하고, 머릿속에 "이상한 것들"(3.4.137)이 있으며, 스스로 "내 이상한 자기 착란"(3.4.140)을 언급하는 등, 맥베스의 입에서는 '이상한'이라는 단어가 계속 반복되며 앞으로 있을 또 다른 "이상한 죽음의 형상들"(1.3.98)을 예시한다.

살인을 저지르기 전, 맥베스는 양심의 가책을 선명하게 의식하고 있지 않으며 따라서 그의 상상력은 자연에 이입된 자신의 선한 본성을 억압하는 모습이다. 던컨 왕을 시해한 후 비로소 맥베스의 양심은 더욱 깨어나지만 아이러니하게도 양심이 깨어나면서 맥베스는 더 많은 살해 욕구를 보여준다. 살인을 저지른 후 맥베스는 다음과 같이 독백한다. 이 독백에는 앞으로 맥베스가 저지르게 되는 살인이 던컨 왕을 살해한 것과는 본질적으로 다른 것임을 암시하는 단서가 들어 있다.

> 거대한 넵튠의 바닷물 전부로 손에 묻은 이 피를
> 씻어 낼 수 있을까? 아니, 이 손이 차라리
> 광대한 바다를 핏빛으로 물들여
> 초록을 완전히 붉게 만드는 편이 낫겠군. (2.2.61-64)

그냥 피가 아니라 자신의 "손에 묻은 이 피"는 죄에 대한 인식이다. 피를 씻어내려는 마음은 죄를 씻고자 하는 욕망이다. 이점에선 맥베스 부인의 반응과도 크게 다르지 않다. 칼을 두고 온 맥베스 부인은 "약간의 물만 있으면 이 일을 씻어낼 수 있으니 얼마나 쉬운 일이에요"(2.2.68-69)라며 피를 씻고 싶은 욕망을 드러내기 때문이다. 하지만 이 둘의 차이는 바로 필요한 물의 양에서 비롯되는데, 맥베스 부인의 "약간의 물"과 맥베스의 "거대한 넵튠의 바닷물 전부"는 객관적인 죄의 크기가 아니라 죄에 대한 내적 인식의 척도가 된다. 현재 맥베스 부인의 말에는 자신의 행위에 대한 인식과 그에 수반되는 양심의 가책이 미미하다. 맥베스 부인은 자살하기 직전인 결말 부분에 이르러서야 현재 맥베스와 같은 죄의 무거움을 인식하며 "여기 피 냄새가 아직도 남아 있어. 아라비아의 모든 향수로도 이 작은 손을 향긋하게 만들지는 못하겠구나. 오, 오, 오"(5.1.50-52)라고 탄식한다. "아라비아의 모든 향수"는 맥베스의 "거대한 넵튠의 바닷물 전부"에 상응하며 죄의 무거움에 대한 인식의 정도가 높아졌음을 의미한다. 부인은 "지옥은 캄캄해"(5.1.36)라며 항상 양초를 옆에 두고 있으며 궁극에는 자살로 마감한다. 맥베스 부인의 증상은 중세와 르네상스 당대에서 널리 알려진 종교적 절망의 징후다. 종교적 절망은 자신의 죄가 너무 과하여 하나님께 결코 용서받을 수 없다고 여기는 것이다. 맥베스 부인의 절망에 비춰볼 때 현재 광대한 바닷물로 죄를 씻을 수 없다고 여기는 맥베스의 심리는 절망이다. 이 무궁한 죄의 무게에 대한 인식은 이미 그 죗값을 치르고자 하는 욕망을 수반하고 있으며 그 정도가 바로 앞으로 맥베스가 느끼게 될 심내한 공포의 선율을 예시한다.

맥베스 부인이 절망으로 인한 자살로 생을 마감했다면 맥베스는 절망에 굴복하기를 거부하며 자신의 죄를 씻을 수 없을 바에야 차라리 바다를 피로 붉게 만들겠다고 다짐한다. 앞서 던컨 왕을 살해한 것이 "헛된 야망"을 위한 것이었다면 지금부터의 살인은 바로 이미 죄를 씻을 수 없어 저주받은 상태이니 더 많은 악을 저질러도 무방하다고 여기는, 절망에서 비롯된 방종이다. 때문에 이 둘은 점점 다른 궤적을 이어나간다.

인간의 본성을 저버린 행위로 맥베스와 맥베스 부인은 둘 다 생명을 지탱시켜주는 힘에 있어서 무력감을 느끼지만 이 둘의 반응은 사뭇 다르다. 맥베스가 유령을 보거나 극도의 공포에 시달리는 반면에 맥베스 부인은 무력감 혹은 무(無)를 경험한다. 맥베스 부인은 극의 초반에 보였던 표독스런 모습을 잃었고 오히려 기운 없는 모습을 보여준다. "얻은 것은 하나 없이 모두 소진되었을 뿐이니, 욕망은 채웠는데 만족이 없어"(3.2.5-6)라는 대사는 이를 대변한다. 반면 맥베스는 극한의 공포를 느끼나 그 공포에 함몰되기를 거부한다. 맥베스는 혼자서 뱅쿼의 살인을 계획했으며 "사랑스런 귀염둥이, 그 일에 대해선 모르고 있다가 일이 처리되면 박수나 치시오"(3.2.46-47)라며 자신감도 드러낸다. "악으로 시작한 것은 악행에 의해 강해지는 법이오"(3.2.56), "피는 피를 부른다고"(3.4.120)라며 맥베스는 더 많은 악행을 저지를 각오를 한다.

마녀의 예언대로 맥베스가 왕이 되었다면 이는 똑같이 맥베스의 자손이 아니라 뱅쿼의 자손이 왕이 될 것임을 더욱 확실히 보증하는 것이다. 마녀가 예언한 운명의 결정론을 믿고 왕권을 얻는 빠른 길을 택했다면, 맥베스는 이번에는 운명대로 일이 펼쳐지는 걸 막기 위해 살해를 도모한다. 맥베스는 더 이상 대지나 돌들과 같은 자연에게 말을 하지 말라고 종용하지 않는다. 자신의 악행으로 인해 이미 저주받은 몸이라는 것을 인식하고 있기 때문이다. 뱅쿼와 그 자식들을 위해 "내 영원한 보석을 인류의 적, 악마에게 내줘 버렸어"(3.1.67-68)라는 독백은 이를 잘 드러낸다. 살인을 저지르기 전 "아니, 여기 시간의 강둑과 모래톱에서 저승의 심판을 무릅쓰고 모험을 할 만하지. 허나 이런 경우엔 꼭 이승에서 심판을 받게 마련이야"(1.7.6-8)라는 맥베스의 독백은 내세의 심판을 담보로 현세의 행복을 얻으려하지만 그마저도 실패할 수 있다는 막연한 불안을 드러낸다. 던컨 왕을 죽이고 난 후 맥베스는 극심한 공포에 떤 나머지 생명을 지탱시켜주는 근본이라 할 수 있는 잠과 식사를 제대로 못하는데 이는 앞서 자신이 예감했던 이승의 심판이다.

> 아니, 두려움 속에서 식사를 하고 또 밤마다
> 끔찍한 꿈들의 괴롭힘 속에서 벌벌 떨며 잠들 바엔
> 차라리 그전에 만물의 질서가 붕괴되어 현세와 내세가
> 다 끝장 나 버렸으면. (3.2.17-20)

맥베스는 이승의 심판으로 인해 현재 공포 속에서 살고 있지만, 이승을 떠나면 저승의 심판이 기다리고 있다. 그의 공포는 현세와 내세에 걸쳐있는 이원적인 것이며 이와 같은 절규는 그가 벗어날 수 없는 불가피한 상황에 대한 인식을 보여준다.

결국 맥베스는 운명의 자매를 다시 찾아간다. 세 마녀들은 버넘 숲이 던시네인 성으로 다가올 때까진 맥베스는 안전하며, 여자 몸에서 태어난 사람이 아니고선 맥베스를 해칠 수 없다는 예언을 한다. 그들이 보여

주는 환영들을 통해 뱅쿼의 후손이 왕이 될 것을 알기 전까지 맥베스는 이 예언을 무척 반갑게 여기는데, 이유는 두 예언 모두 변함없는 자연의 진리에 근거하기 때문이다. 자연의 순리는 어긋나지 않을 것이며 영원할 것이라는 그의 확고한 믿음은 역으로 스스로가 상실한 자연/본성에 대한 애착을 상징한다. 하지만 이 둘은 모두 어긋나게 된다. 숲이 절대 움직이지 않을 거라 믿었으나, 맬컴이 병사들에게 각자 버남 숲의 나뭇가지를 꺾어 던시네인 성을 향해 진군하도록 명령하자, 이들은 맥베스에게 움직이는 숲으로 다가온다. 또한 여자 몸에서 태어나지 않은 사람은 없다는 자연의 순리도 때가 되기 전에 엄마 자궁을 찢고 나온 맥더프에 의해 어긋나고 만다. 물론 나뭇가지를 꺾어서 다가오는 것이나 자궁을 찢고 나왔다는 것들도 그 반대로 반박될 수 있는 궤변에 가깝다. 고운 것이 고약하고 고약한 것이 고울 수 있는 것처럼 마녀들의 말은 모두 전복의 가능성을 담고 있었다. "지나친 자신감은 인간들의 최대 적이거든"(3.5.32-33)이라는 헤카테의 말대로 마녀들의 예언에 대한 절대적 믿음이 결국 맥베스를 파멸로 몰고 가는 최대의 적이었다. 맥베스가 마녀들의 예언을 진리로 받아들인 것은 자연의 순리는 절대불변이라는 믿음에서 기인한다. 마녀들은 자연 너머에 있는 초자연적 존재들이다. 애당초 초자연적 존재들이 절대적 자연의 순리를 전달할 수 있다는 것 자체가 모순을 함의한다. 아이러니하게도 스스로 인간의 본성을 저버린 맥베스가 유독 자연의 순리는 절대적일 것이라고 확고하게 믿었던 것은 자신이 상실한 본성에 대한 무의식적 집착을 보여주는 것이다.

맥베스는 죽음을 목전에 두고서야 "진리처럼 들렸던 악마의 궤변"(5.5.42-43)을 의심하기 시작한다. 던컨 왕이 "절대적으로 신뢰"했던 코도의 영주에 의해 배신을 당한 것이나, 맥베스 성에서 "이중의 신뢰"(1.7.12)로 머물고 있을 때 새로운 코도의 영주, 맥베스에 의해 살해당한 것도 이와 같은 이치이다. 맥더프가 자신은 "때가 되기 전에 어미의 자궁을 찢고 나왔노라"(5.8.15-16)라고 말하며 마녀들의 두 번째 예언을 무력하게 만들자, 맥베스는 마녀들을 두고 "농간질하는 마귀"(5.8.19)라며 분을 표출한다. 극의 마지막에서 맬컴 역시 맥베스 부인을 두고 "그의 마귀 같은 여왕"이라며 똑같은 "마귀"라는 단어를 사용한다. 이렇게 동일한 호칭을 사용함으로써 작가는 맥베스 부인 역시 "이중의 뜻으로 얼버무려 감쪽같이 홀리는"(5.8.20) 마녀들과 다르지 않음을 독자에게 환기시킨다. 극의 초반 꽃과 같은 모습을 보여주되 독사가 되라고 주문한 맥베스 부인의 말과 이 말을 따라 행동했던 맥베스의 행동 역시 마녀들의 궤변과 동일한 부류인 것이다. 맥베스가 저지른 궤변이나 표리부동이 결국 자신에게 돌아온 것이다. "공정한 양팔을 가진 정의의 여신은 우리가 만든 독이 든 성배의 독물을 우리 입술에 들이밀지"(1.7.7-10)라는 맥베스의 대사는 스스로 이러한 인과의 법칙들을 막연하게 인식하고 있었음을 보여준다. 맥베스의 행보가 씁쓸하게 느껴지는 것은 이러한 선악에 대한 인식에도 불구하고, 선과 악의 갈림길에서 어쩌면 인간답게 악에 굴복했기 때문인지도 모른다.

맥베스의 삶은 악으로 점철되었으며 악을 통해 악을 막으려 했던 악한이었으나 그가 내면에서 겪었던 공포의 무게가 양심의 무게와 비례한다는 점을 고려하면, 그의 삶은 아이러니하게도 그토록 고약한 것이 그토록 고울 수 있음을 반증한다. 랄프 왈도 에머슨(Ralph Waldo Emerson)이 「범혼」("The Over-Soul")에서 우리가 이익을 위해 정의, 자유, 사랑과 같은 본성들을 해치는 순간에 이 본성들이 우리보다 더 높이 솟아오른다고 말한 것처럼(208), 맥베스 역시 선한 본성을 거스르자, 그의 선한 본성이 그를 압도하고 만 것이다. 던컨 왕을 시해하기 전 맥베스에게 붙는 수식어는 주로 용감한, 용맹스런, 고귀한 등 이었으나 왕위를 찬탈하고 폭군이 되면서부터 이는 지옥의 솔개, 악당, 악마 등으로 바뀐다. 하지만 마지막 장에서 왕위에 등극한 맬컴이 맥베스와 맥베스 부인을 각각 "백정"(5.9.35)과 "마귀 같은 여왕"(5.9.35)으로 부를 때 독자나 관객들은 이 말에 수긍하기보다는 오히려 이 낱말에서 어느 정도의 이질감을 느낄 것이다. 관객들은 맥베스의 피비린 궤적을 따라오면서 그의 극한의 공포에 비례하는 영혼의 깊이를 경험했기 때문이며, 그 영혼의 떨림에서 선한 본성에 대한 욕구를 읽었기 때문일 것이다.

참고 문헌

Bradley, A.C. *Shakespearean Tragedy: Lectures on Hamlet, Othello, King Lear, Macbeth*. 1904. New York: Palgrave, 2007.

Emerson, Ralph Waldo. "The OverSoul." *Nature and Selected Essays*. Ed. Larzer Ziff. New York: Penguin, 2003.

Knights, L.C. *Explorations: essays in criticism mainly on the literature of the seventeenth century*. New York: George W. Stewart, 1947.

셰익스피어 전집 008
맥베스

초판 인쇄 2019년 5월 31일
초판 발행 2019년 6월 7일

지은이 윌리엄 셰익스피어(William Shakespeare)
옮긴이 조혜영
발행인 김인철
총괄 · 기획 가정준 Director, University Knowledge Press
편집장 신선호 Executive Knowledge Contents Creator
기획 · 물류 이현진 Planning Expert
도서편집 박현정 Contents Creator
사전 · 도서편집 정준희 Contents Creator
도서편집 장혜린 Contents Creator
재무관리 강현주 Managing Creator
발행처 한국외국어대학교 지식출판콘텐츠원
02450 서울특별시 동대문구 이문로 107
전화 02)2173-2493~7
팩스 02)2173-3363
홈페이지 http://press.hufs.ac.kr
전자우편 press@hufs.ac.kr
출판등록 제6-6호(1969. 4. 30)
디자인 · 편집 (주)이환디앤비 02)2254-4301
인쇄 · 제본 네오프린텍 02)718-3111

ISBN 979-11-5901-576-2 04840 정가 10,000원
ISBN 979-11-5901-255-6 04840 (세트)

*잘못된 책은 교환하여 드립니다.

HUiNE은 한국외국어대학교 지식출판콘텐츠원의 어학도서, 사회과학도서, 지역학 도서 Sub Brand이다. 한국외대의 영문명인 HUFS, 현명한 국제전문가 양성(International +Intelligent)의 의미를 담고 있으며, 휴인(携引)의 뜻인 '이끌다, 끌고 나가다'라는 의미처럼 출판계를 이끄는 리더로서, 혁신의 이미지를 담고 있다.